U0942445

舊夢浮生

沈西城 著

舊夢浮生

作　　者：沈西城
責任編輯：黎漢傑
封面設計：Kace yellow
內文排版：陳先英
法律顧問：陳煦堂 律師

出　　版：初文出版社有限公司
電郵：manuscriptpublish@gmail.com

印　　刷：陽光印刷製本廠

發　　行：香港聯合書刊物流有限公司
香港新界荃灣德士古道 220-248 號
荃灣工業中心 16 樓
電話：(852) 2150-2100　傳真：(852) 2407-3062

海外總經銷：貿騰發賣股份有限公司
電話：886-2-82275988　傳真：886-2-82275989
網址：www.namode.com

版　　次：2025 年 7 月初版
國際書號：978-988-71098-8-4
定　　價：港幣 128 元　新臺幣 480 元

Published and printed in Hong Kong

香港印刷及出版

本書承蒙志琳衞施基金會有限公司贊助出版，特此致謝。

目錄

第二輯：歌嘆眾生

第三輯：別出鬼才

第四輯：星光流影

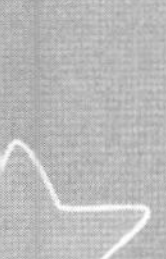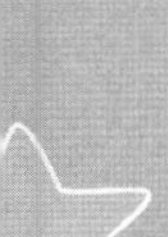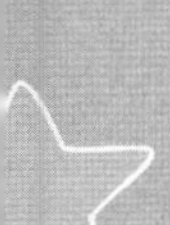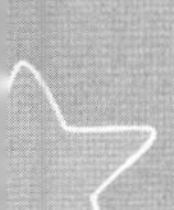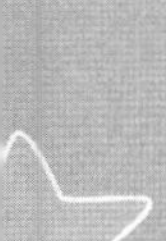

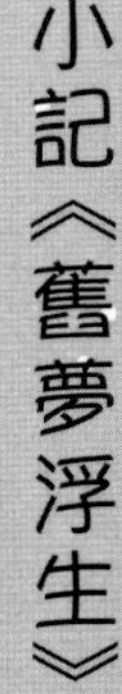

小記《舊夢浮生》

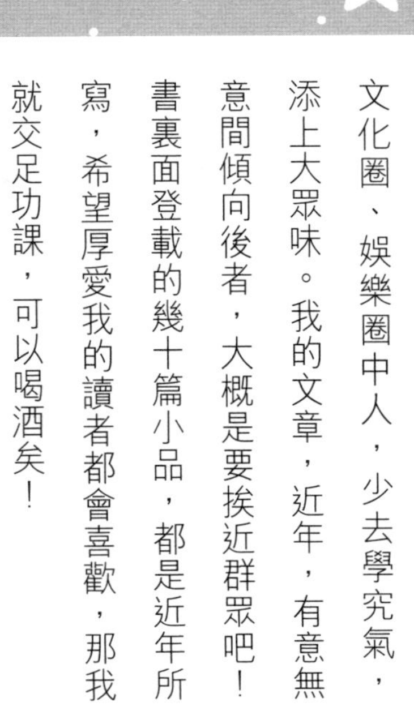

用「舊夢」作系列的叢書，迄今已是第三本，有點兒不同。今趟人物盡是文化圈、娛樂圈中人，少去學究氣，添上大眾味。我的文章，近年，有意無意間傾向後者，大概是要挨近群眾吧！書裏面登載的幾十篇小品，都是近年所寫，希望厚愛我的讀者都會喜歡，那我就交足功課，可以喝酒矣！

不能免俗，感激說話還是要說的，金耀基校長題字，飄逸出世更勝從前，深謝！

西城　記於颶風掠港後第一日

第一輯

導演人物

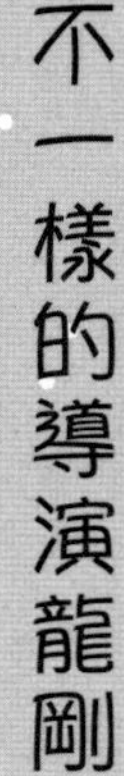

不一樣的導演龍剛

一九八六年，一齣《英雄本色》破了當時香港開埠以來電影賣座紀錄，周潤發、吳宇森升了級，票房毒藥變靈藥。甚至有資深電影界人士預測未來五年，難有影片可破其紀錄，換言之《英雄本色》至少可保榮耀五年。老電影迷都知道這部《英雄本色》脫胎自一九六七年龍剛導演，謝賢、王偉、嘉玲主演的《英雄本色》，電影亦非龍剛原創，而是取材自一部印度電影。龍剛拍攝手法乾淨俐落，一新觀眾耳目，從此成為影評家寵兒。

一九六九年夏天，我參加了一個叫做「香港青年筆會」的組織，發起人是天主教明愛中心的尹雅白神父，而龍剛正是筆會的會長。當年，拍了一部《飛女正傳》，反映六十年代迷失方向的香港青年實際情況，獲得多個社團的關懷，明愛中心就是其中的一個。為加強聯繫，表達對青年人愛護，尹神父拉攏龍剛組織了青年筆會。那時，每周都舉行例會，龍剛事必躬親，偕同著名女作家孟君姐姐，一早到來主持會議。「孟君信箱」膾炙人口，深受女性歡迎，故筆會會員尤多少女。

龍剛伶牙俐齒，敘事清爽，很能吸引青年的興趣，入會者愈來愈多，影響也就愈來愈大。龍剛關懷社會，愛護青年，可我們關注電影，不少女會員問他為什麼在電影裏總是飾演歹角，瞪眼陰笑，十分駭人。龍剛笑着回答：「這不是我能掌控，導演要我做，我便做。哈哈哈。」銀幕下的龍剛，一點都不粗鄙可惡，說話的聲音温婉，舉止斯文，活像一個書生，跟銀幕上的形象，判然有別。有一天，我們在文華喝咖啡，他告訴我電影應該反映社會面貌，除了娛樂性，還得兼顧人性的刻畫。《英雄本色》、《廣島十日》、《應召女郎》、《昨夜夢魂中》這一系列的電影，就是基於這種原則底下拍攝出來的。其中《廣島十日》涉及原爆，引起一番激烈爭論，批判之聲，此起彼落。龍剛嶽峙淵停，冷然傲對，毫不退讓。這些電影，製作認真，都非部部賣座，有人勸龍剛：「何不從俗？」他氣打心頭起，瞪大眼睛：「從俗？哼，這不是我龍剛了！」勸者，噤口。

清明夜，雨濛濛，綠暗侵紗，照臉成碧，清酒一杯，竟教我懷念起這位離世多年的前輩朋友龍剛來。

● 導演龍剛

恐怖電影大師余允抗

一遇到新電影上映，余允抗就會忙個不了，現場的一切，他一把抓。還喜歡聯絡新聞界朋友，一杯咖啡，坐下聊聊，當然不忘宣傳自家的電影，誠懇地要求影評家提意見。一般導演都愛聽好話，即使善意的批評，也不大接受。余允抗大不同，他要聽影評家的心裏話，批評也好，褒獎也好，痛貶也好，照單全收。

首部電影《山狗》公映後，有影評家不留情面地痛斥拍得太血腥殘忍，要是第二個導演，有新作時，大多不會對那位影評家發出邀請，嘿嘿，好個余允抗，反其道而行，奉為上賓。

自古以來，導演跟影評家大都不能同舟共濟，影評家老愛時不時批評導演，導演也往往嚴厲地還擊。過去就有張徹跟女作家孫寶玲就武俠的暴力激烈爭辯，余允抗是少數能跟影評家和平相處的導演。他說：「每個人都有他的觀點，我拍暴力恐怖片，除了是想固立一定重點外，還想說明世界上無處不是講暴力，暴力為什麼存在？」（註：世事繁亂，烽火四起，余允抗確有先見之明。）

上世紀八十年代初，他跟朋友成立了世紀電影公司，出任董事長，辦公室我去過，很有氣派，進門燈火輝煌，排山倒海的力量迎面襲來，險些氣也唞不轉。余允抗說：「要拍好電影，什麼都要配合，劇本不能馬虎，製作更要認真。」惜乎事與願違，票房並不太好。道理何在？影評家以為是藝術氣味太濃，跟觀眾脫了節。

經一事，長一智。電影不能單求藝術，一定要迎合觀眾。於是在藝術和商業之間，余允抗選擇了後者，他是徹頭徹尾的工作狂，工作起來，可以連飯都不吃，起勁地做，一天四十八小時都不夠用。余綺霞做他的女朋友，實在不易為，雙余之戀，經過長跑，無疾而終。為什麼會這樣？簡單得很，就是允抗兄過於熱衷工作，冷落了女友，可以跟朋友討論劇本，而忽視了跟余綺霞的約會，有哪個女人可以容忍這樣冷漠的對待呢？

一九九〇年，余允抗退出電影圈，轉戰金融界，成就非凡。問他為什麼要捨棄電影？允抗風趣幽默地回答：「電影工作太緊張，易有神經衰弱，我可不想入青山哩！」緊張大師轉作務實商業家，出乎人之所料。說到電影成就，一是香港特級恐怖片先河，二是發掘了夏文汐、葉童，尤其是夏文汐，允抗為二十世紀影壇找來最具味道的尤物，媚在骨子裏，世間難求。

● 余允抗的首部電影《山狗》

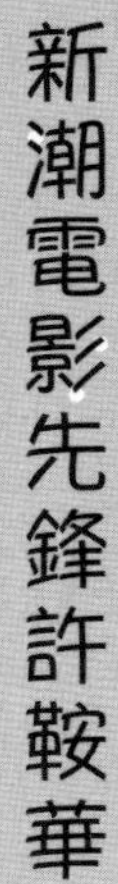

新潮電影先鋒許鞍華

室外不冷又不熱，室內並不暖如春，天氣有點兒怪。一班電影圈朋友圍坐品茗，說起許鞍華（阿Ann）。有人忽然問：「沈西城，你可認識許鞍華？」（當然認識）又跟着問：「相熟嗎？」那談不上。許鞍華是新浪潮電影先鋒，處女作《瘋劫》當年被譽為新浪潮第一炮，影評家均予以好評。數年後，重看，似覺過譽。劇情結構未見緊湊，最糟的是電影放了一大半，觀眾還搞不清楚是什麼一回事？同時，三角關係也糾纏不清，令人費解，有混淆的感覺。故作神秘，收不到預期效果。當年尚可以新浪潮這塊招牌，吸引觀眾，如今怕就不管用矣！真確一點說，《瘋劫》是許鞍華第一部執導的電影，成績如今看來，不過不失，擅長捕捉人物的感覺、着重渲染懷舊氣氛，無可置疑對電影的感染力確有一定幫助，卻非仙丹妙藥，可以起死回生。《傾城之戀》的失敗，就是最好的明證。許鞍華最為人議論的電影，應該是《投奔怒海》、《胡越的故事》，這兩部電影成績如何，姑且不論，許鞍華對電影的誠意與執着，卻是毋庸置疑的。

許鞍華有別於一般女導演，不甘囿於傳統的文藝愛情電影裏，像《心動》一類的電影，她絕不會拍，胸襟大，氣魄壯，她的愛情電影要襯以大時代背景，《傾城之戀》是寫香港淪陷；《胡越的故事》講述越南戰火。她曾說過：「只有大時代，才能產生真摯的愛情。」

許多人不知道許鞍華是中日混血兒，母親是日本人，胖嘟嘟，和善可親，跟阿 Ann 是同一個模子，從不干涉女兒的工作，任由發揮。阿 Ann 不愛漂亮，衣着樸素，不買華服、化妝品，甚至信用卡也不多用，三、四年拍一部戲，也餓她不死。數十年不變，喜歡在藝術電影裏徘徊不去。這十多年來拍了《天水圍的日與夜》、《桃姐》、《黃金時代》，尤以《黃金時代》最為人所議論。

《黃金時代》描述蕭紅的一生悲慘遭遇。蕭紅是五四時代的女作家，一生受男人折磨播弄，命短，死時年僅三十一歲。

有人讚譽蕭紅乃傑出的女作家，我並不同意，她絕對比不上張愛玲和蘇青。許鞍華拍《黃金時代》，資料收集得詳盡，拍攝手法精緻，只是對文學的了解不夠深邃，有佳句而無佳篇，有形乏神。有影評家說：「許鞍華最擅長拍攝社會寫實電影，像《桃姐》、《天水圍的日與夜》、《男人四十》，情理交融，允是佳作。」可阿Ann偏偏不聽，其奈之何！

《女人四十》

《天水圍的日與夜》

●《桃姐》

王天林，最能忍氣的大導演

七十年代末，我在麗的電視時，每到茶餐廳，必先看看左几叔可在否？他慷慨好客，是麗的孟嘗君。我迫切地尋找他的足跡，並非貪圖他的請客，而係欲耳食他的影壇掌故，白燕、張瑛、梅綺、吳楚帆……逸事、生活，聽得我沉迷陶醉，枱上的咖啡也險些忘了喝。轉職TVB，來到茶餐廳，也有狩獵對象，必然是先找天林叔，他的電影逸聞，尤敏、葛蘭、葉楓……不遜左几，聽出耳油，咖啡不說，三文治也忘了吃。

王天林有個綽號叫做「肥哥哥」，那是他開始當導演時，同事賦以他的綽號，天林叔欣然接受，第一，的確身廣體胖，其二，個性隨和，人家開他玩笑，從不以為忤。中年發福，進電懋公司，綽號有改，變成「肥叔叔」，無所謂無所謂，開心便是。從「哥」變「叔」，有着天翻地覆的變化，肥哥哥時，要手執導演筒，忙這忙那。成了肥叔叔，大不同矣，只需發號施令，就行了，一班得力助手杜琪峯、譚朗昌……鞍前馬後為他執行導演工作，天林叔只看大處，無須着眼小節。天林叔吐口氣道：「辛勤多年，也該享享清福了！」

肥叔叔有子曰「晶」，其時已冒出頭，有人取笑天林叔：「天林叔，令公子的成就，有目共睹，青出於藍更勝於藍喲！」肥叔叔嘿了一聲，抖動雙頰肥肉，瞪着眼：「他有什麼成就？都是我的，我是他老子！」眾人捧腹大笑。

我在電視台工作時，常常看見天林叔，他喜歡獨個兒跑到電視台的合作社吃飯，我見到，例必移船就磡，跟他同枱吃。天林叔是老牌導演，廿二歲就拍了《峨眉飛俠》上下集，正式踏足影壇，薄有微名，可真讓他揚名，還是在他五十年代，進入電懋之後，於六〇年拍攝了歌舞電影《野玫瑰之戀》這部代表作。這齣由葛蘭、張揚主演的電影，當年哄動影壇，葛蘭能歌擅舞，一串明喉，珠走玉瀉，不啻天籟，張揚北方長大，南來從影，挺拔俊朗，可說是天造地設的一雙。同枱吃飯，目的是想探取舊日影圈逸聞趣事，以作撰文之資。

國語女星，我最欣賞葉楓，問天林叔《野玫瑰之戀》為何不選用她？天林叔和顏悅色地解釋：「葉楓能唱能跳，可她屬冷艷慵懶，《野玫瑰之戀》裏的郭思嘉，野性不羈，潑辣奔放，較合葛蘭的戲路。」這一番話登時釋了我心中的疑團。天林叔不吝嗇，問他影壇掌故，言之必詳。一夕，東風吹，雨綿綿，就在餐廳裏給我說了一則伶王跟情僧鬥氣的故事，精采之極，我問：「是否屬真？」朗聲回道：「貨真價實，童叟無欺。」

且說六十年代，粵語影圈盛行明星制，導演無關宏旨，淪為大牌明星之附庸。諸大牌中，尤以伶王新馬仔跟情僧何非凡派頭最大，一以新馬腔鳴於世，一以凡腔稱於時，一時瑜亮，明爭暗鬥，各不相讓。電影公司老闆大都不敢聘請二人同場演出。可憐的天林叔，運交華蓋，該接不接，接了兩人合演的片約，外江佬（外省人），不知避忌，還滿心歡喜（兩個大牌在我手中，戲不賣，有鬼！）哈哈！

開拍第一天，麻煩來矣！通告下午三點，天林叔兩點已進片場，打點一切，恭候兩老倌大駕。這一恭候，一直候到黃昏日落，方見新馬仔在眾僕簇擁底下，姍姍而來，一見天林叔，就問：「肥哥哥，凡仔呢？」何非凡其時尚未抵埗，若如實相告，後果堪虞。上海佬醒目，回說：「祥哥，凡仔一早到了，他去買東西！」新馬仔聽了，一怔：「凡仔去買東西，我都去買咯！」轉身便走，拉也拉不住。

過了一會，何非凡又在傭人相伴下，走進片場，掃視一眼，問：「祥哥呢？」天林叔打着哈哈：「祥哥剛剛出去買東西，凡哥你先坐一陣子。」忙拉凳，上茶。何非凡手一擺，說：「那麼我都先去買東西！」凳剛拉，茶未上，何非凡影蹤早渺。這樣你來我去，我來你去，天林叔一直要等到深夜三時才能痛苦地高喊：「開麥啦！」

我聽了這則故事，哭笑參半，笑的是天林叔的尷尬，哭的是天林叔的辛酸。堂堂《野玫瑰之戀》大導演也遭人欺，無名小子還有什麼話可說？導演為明星所欺，不獨以前有之，於今仍盛。

跟導演李翰祥一樣，天林叔閒時也喜歡舞文弄墨，退休後，以鬻文為消遣，影圈往事，明星生平，隨手拈來，皆成妙諦，博得萬千讀者齊喝采。行文之流暢，言語之幽默，實不亞於李翰祥的《三十年細說從頭》。有人勸他無妨出書，連連說：「考慮一下，考慮一下！」一考多年，未見出書，二〇一〇年，駕鶴西歸，以為支票終成空頭，孰料仍遺下《王天林文選》。翻開書本，佳篇如林：〈苦衷千千萬〉、〈四條大漢保護走畫〉、〈火燒木蘭從軍〉、〈臨時演員氣得導演頭上冒煙〉、〈如何拍攝唱歌場面〉……，篇篇皆是影壇瑰寶。如今，我盼仙鶴護他回來，再聊電影事！

香港電影資料館將王天林部分文章整理出版

橋王王晶

前些陣子，寫過王天林，頗得好評，有朋友說何不寫寫他的兒子王晶呢？對，誇了老子，不提兒子，有失公允，更何況王晶是一個有趣的人呢！

香港電影圈，有過不少橋王，王晶是其中一個。跟別的橋王不同，王晶很少看書，也不多看電影。那麼，橋從何而來？且來聽王晶夫子自道——「我這個人比較懶，更加怕熱，不勤走動，不想出外，就少去看電影。看書嘛，看多了，眼睛會倦，所以寧可看電視。看電視，我有所選擇，專看粵語長片。別看輕粵語長片，我有不少橋是從那裏偷來的。」各位看官，這是王大導的創作源泉，他的祖師爺就是新馬師曾、鄧寄塵、梁醒波，擷取精髓，舊瓶新酒，搬上銀幕，一新觀眾耳目。

根據統計，粵語長片超過三千部，每晚在兩大電視台播映，為王晶提供了大量偷橋的機會。膽大包天、精靈異常的王晶也就放膽去偷，看一齣偷一齣。改寫的劇本大多賣得出去，年少的王晶，很快就成為影壇新貴。頭腦靈活，是王晶的必勝技，對付老闆也有一手。「邵氏」方小姐，人人都知不易應付，王晶與她卻是如魚得水，相處融洽。「邵氏」改組，他安然無恙，可見功夫。有人痛罵王晶是世界仔，他直認不諱：「這年頭出來混飯吃，不是世界仔，怎行？獃頭獃腦，人家怎會對你有信心！」基於這個基本觀念，王晶對待有用的朋友，絕不吝嗇。請吃飯請最好的，跳舞跳最好的，總之，閒話一句，王晶做到。我投桃，你報李，開戲時，幫忙則個。善用這套手段，王晶在電影圈裏，堪稱運轉乾坤，無往不利。

人們提起王晶，都說王大導夠意思，在敵人多朋友少的電影圈裏，能讓人豎起大拇指誇讚的可不容易，王晶可謂懂得交友三味。老前輩說：「朋友多的人，一定能發財。」王晶大財發了沒？不得而知，小財、中財大抵已攫了不少吧！王晶寫劇本，動輒十萬起計，一部電影連編帶導，起碼七位數字，加上賣座花紅，不得了矣，當不是《京華春夢》時期所可比。電視台的微薄酬勞，哪能入王大導法眼？可飲水要思源，不能斬斷跟電視台的瓜藤，偶然也會紆尊降貴，當一下審美評判或歌唱比賽司儀，證明我王晶不忘本也！我跟王晶相識於上世紀七十年代末的TVB，他是劇審，我是故事撰述者，職位他高半籌，無損我倆酒肉朋友的友誼。論年齡我大他七年，我是難兄他是難弟。說也奇怪，我們見面不久，便十分談得來，下班一起喝酒吃東西、一起耍樂。天林叔見我倆投緣，有心拉攏，合作炮製《京華春夢》。我們不上心，每天吃喝玩樂，跑馬鬥狗，不當一回事。

有一天，天林叔問了：「細路，搞掂未？」才知道大禍臨頭。我們胸無點墨，如何應對？天林叔很嚴肅：「我不理你們，只給兩個星期，一定要交貨。」我跟王晶面面相覷，暗叫耶和華救我。轉眼，兩個星期只剩下七天，如何是好？天無絕人之路，某天晚上早回家，碰巧麗的電視正在播映《金粉世家》，看了半小時，靈機一觸，速速看了一遍原著，只花三天，就理出了一個故事，跟王晶、馮志強三人喝着咖啡，敲着枱面，很快把二十集故事弄出來，分交編劇，功成身退。

《京華春夢》大獲成功，我卻跟王晶分了手，他去拍他的賭劇，我捱不得苦，離開電視圈，變身職業作家。王晶更上一層樓，電影快而精，水準穩定，名成利就，有人罵他庸俗，他笑說：「我不是庸俗，而是通俗，嘻嘻！」我嘛，不夠通俗，所以窮。

● 橋王王晶

鬼才徐克有幸遇天師

生平第一次見到徐克，眼球就無法轉動到別處，容貌說不出的特異，不知是美還是媸，極不平凡。閉上眼睛想了想，喔，活生生像一隻山羊，頦下有着山羊鬚。當下就對人說：「此君將來會有翻江倒海的驚人成就。」

其實不懂看相，母親曾跟隨和尚學相，耳濡目染，沾了點邊吧！看到徐克的樣相，就湧現了特別的感覺，也許這是我的靈感吧！徐克其時寂寂無聞，在無綫拍了七集《家變》，跟隨梁淑怡（莎姐）蟬曳殘聲到佳視。莎姐給安排的任務是拍攝古龍武俠名著《金刀情俠》。徐克一口答應，不曾拍過武俠劇，應付得了嗎？管他的，我拍我的。人家拍電視劇集是一氣呵成地拍，好個徐克，別出心裁，參照電影，採用分鏡頭拍攝。用錄影機分鏡頭拍，的確創新，也有不少人向莎姐非議這種拍法，勞民傷財，莎姐本着「疑人不用，用人不疑」的原則，任由徐克發揮。

《金刀情俠》大功告成，公開播映獲好評，卻未能扭轉佳視頽勢，七八年八月，佳視倒閉，全台職員都陷入失業的徬徨，獨有徐克是天之驕子，無綫歡迎他回歸。影壇伯樂吳思遠，向他招手，邀拍電影《蝶變》，吳思遠自任監製，芭蕾舞家劉兆銘處女演出，科幻風格，特技可人，賣座平平。徐克從開始到現在，對電影具有高度熱誠，只是他的熱誠並非人人可接受，跟他合作的人，精神一不振，就得自動退役。他度劇本，熱情洋溢，日以繼夜，不眠不休，只顧浸淫於滿腦虛幻構想中。往往今日如此，明天會更好，就變成了並非如此。他老人家能如此，編劇，卻不能如此，於是成了編劇們心中的「活閻羅」，聽到追魂電話，心膽俱裂，索性落荒而逃。

劇本千辛萬苦弄好開拍，演員叫苦連天，徐大導要求嚴格，每個鏡頭都希望拍得盡善盡美，不苟且，不貪快，跟他拍電影，工作人員非得打醒十二萬分精神不可。有人嘆苦經：老徐拍戲例不放飯、收工。不少人都怕了他，卻又不能不承認他才華橫溢。天才、瘋子只不過一綫之隔。罵歸罵，怨歸怨，徐老克一聲號令，工作人員乖乖歸隊，聽由差遣。

天縱鬼才也得有天師捉，徐克巧遇兩天師。美國留學歸港，生活無依，好個徐克，知道香港有個TVB，藝高膽大，獨自攜着一箱膠卷直闖五台山去敲梁淑怡女士的大門，呈上作品。天師梁淑怡一看，二話不說，立即聘用。聽來的故事，不知真假。四十六年後重遇，我問徐克是否屬實？他笑着點點頭，「沈西城，一點都沒錯，真的是這樣。」就這樣，我投進了回憶的網——七八年某天，好同事麥當傑跑來找我，「沈西城，徐克的拍攝方法非常新奇，你要不要看看？」我是一個好奇心重的人，不會推拒，腳隨麥當傑來到錄影棚，徐克正在拍攝一個矢箭射出的鏡頭，只見鏡頭前用繩子綁着箭，逐格逐格地拍。這樣的拍法並不容易，而且耗時，在錄影棚裏還未見過。可徐克不憚麻煩，一而再，再而三地拍。我心想，這個導演頂認真啊！交特技組畫上去便行，何必辛苦自己，可見初出茅廬的徐克如何認真對待電影。那一天，拍至晚上十一點左右收工，咱仨有點兒餓了，麥當傑提議去吃消夜，我就帶隊去尖沙咀寶勒巷喬家柵吃上海麵。我點了最喜歡的五香牛肉麵，徐克挑了上海湯麵，他只懂得上海湯麵。我倆笑了起來，阿傑選了雲吞，三個人吃得非常開心。一杯啤酒在手，各談抱負，徐克先說：「我想當一個好導演！」麥當傑說：「我喜歡做監製。」我頂不住辛苦，只能寫作。四十六年後，徐克成了名導演，天下無人不識君。麥當傑監製當不成，做了地產大亨，團團大富翁矣！只有不才，「搵得些少，到月底點夠駛，確係認真濕滯」。

徐克的第二個天師，就是導演吳思遠，看到徐克的《金刀情俠》驚為天人，立即邀拍《蝶變》，叫好不叫座，吳思遠說：「主要是 Ending 沒有打鬥，尊重導演保持電影風格，卻害苦了票房。」接着的《地獄無門》和《第二類危險》並不成功，直至《上海之夜》、《我愛夜來香》，發光發熱。武俠小說盛行，徐克的黃飛鴻系列、金庸武俠系列、詭異幽秘《倩女幽魂》，直似黃河決堤，一發不可收拾，成就了香港影壇，也成就了徐克。一別四十六年，跟徐克去年在香港重遇，面對故人，想起喬家柵，喬家柵不在了，徐克還在，卻已不是吃上海湯麵的徐克了。

● 鬼才徐克

楚原怨懟方逸華

一九八一年，音樂大師顧嘉煇赴美深造音樂，為期半年。時間短，TVB卻隆重其事舉辦現場直播的歡送會《群星拱照顧嘉煇》，場地為希爾頓鷹巢，當年乃高檔消費場所。選址在此，正體現TVB對顧嘉煇的重視。節目的其中一個策劃項目，剛好落到我頭上，一直以來我都是創作組成員，負責劇集策劃，出任綜合類節目還是第一次，有點忐忑。阿Dee哥（同事鄧偉雄）說：「不要緊張，你只負責審查編劇的台詞，跟藝員對稿，很輕鬆的。」有了阿Dee這根定海神針，我放了心。

當日下午三點左右到了現場，來跟

我對稿的，嚇壞我了，原來是大導演楚原，他的父親張活游是我的前輩，兒子還是第一趟見面，不免有些緊張。個子不高、微微發胖的楚原溫聲細語：「小兄弟，不用怕，就當閒聊啦！」跟着聳聳肩，扮個鬼臉，幽默得可以。

跟着我倆同步上舞台，開始對稿。一路都很順利，我的緊張鬆弛了，就在這時候，忽地楚原迸出了一句話：「各位觀眾，現在請沈西城登台唱《楚留香》！」我一聽，嚇一大跳，這是本子上沒有的台詞呀！（導演你搞什麼鬼？）楚原說罷，大力鼓掌，用手勢叫台下的同事鼓掌，掌聲如雷，各人起哄：「唱啦，沈西城，唱幾句啦！」楚原作勢，鼓勵我唱。硬着頭皮，唱了幾句《楚留香》，居然一片掌聲。台上的我，已是一身冷汗。（導演，你真搞鬼！）白他一眼，他側個頭，當作看不見。不過當所有人的視綫都聚焦你一個人身上，那種感覺確是很美妙的。

對完稿，下台吃茶點，八點半現場開播，大牌歌星輪番演唱，熱鬧非常。迨至九點許，門口入場處起了騷動。司儀沈殿霞「肥肥」拋下劇本奔過去，大聲喊：「波叔，你來幹嘛！」原來粵劇大老倌梁醒波在僕人攙扶下，顛顛簸簸走進現場。肥肥走到波叔身邊，一把扶住他，埋怨地道：「波叔，你不舒服，來幹什麼呢！」

波叔伸出左手按住肥肥的肩膊：「阿燀去留學，我不來怎麼行，不知下次還有沒有機會見到！」肥肥一聽，雙眼通紅，眼淚掉了下來。

嗣後，跟楚原成了朋友，我向他討教寫劇本的竅要，曾經在太子咖啡屋兩次見面聆聽教誨。他說寫劇本，故事當然重要，可最重要的還是人物性格，許多事情的錯綜發生，都基於人物的性格造成。謹記在心，可惜我不是吃這碗飯的人，在編劇方面，沒什麼好成績，真是愧對楚原老師。

踏入千禧年，楚原很少亮相螢幕，電影也不大客串，他善積蓄，生活不成問題。二〇一八年第三十七屆香港電影金像獎頒發終生成就獎給他，楚原捧着獎盃，悲喜交集，一段感人肺腑的說話，講述了當年被方逸華侮辱的往事，自嘲地表示多年前因執導了幾部不賣座的電影，被老闆娘方逸華當面痛斥，不讓他執導《天龍八部》。

他說到一九七三年上映的《七十二家房客》，破了香港賣座紀錄，老闆邵逸夫即刻跟他簽新約，工資加了十倍，人人誇他為邵氏最幸福的導演。十幾年後，戲賣不到錢，想拍《天龍八部》回魂，開鏡前一日老闆娘方逸華出來撕掉通告，不准拍。召入辦公室，第一句就問：「誰讓你拍《天龍八部》？蝕了本，你賠得起嗎？」最後兩句直插楚原心房，永遠難忘——「楚原，你根本不懂電影藝術，不懂拍電影。」一頓責罵迎面噴來，楚原啞然，眼淚心裏流，於是人人說楚原是邵氏最難堪的導演。

說到這裏，楚原已經眼角掛淚，仍不忘顫聲勉勵後學要堅持立場：「任何人無論你昨日多風光，亦無論你昨日多失意，明日天亮的時候，你一樣要起來做回一個人，繼續生活下去，因為明天總比昨天好。人生如同打麻將一樣，有東南西北風，你打到北風的時候又是另一個人生！」聽到這裏，我也流淚了。

以上是楚原的版本，最近我又看到了另一個版本，黃家禧新作《五十年光影情懷》——「天涯．明月．刀」一節裏，先引用了楚原在金像獎頒獎禮上說的一番話，繼而闡釋所謂撕通告是絕無其事，並云：「一部電影的開拍要涉及不少崗位，多少準備功夫，動輒起碼也要兩星期的時間籌備，難道說在兩星期以上的時間內，楚原要拍《天龍八部》，公司全不知情，要待到開拍的前一天，才把電影煞停？就算是不熟悉電影行業的朋友，想想便知道不可能了。」

當時黃家禧是邵氏製片經理，當然知道事情的來龍去脈。他說：「當年楚原急於開戲，希望為手足爭取首期酬金過年是真的，但是《天龍八部》的故事張徹早已提出，要輔助鮑學禮做導演也是事實。當時方姐預支十萬元給楚原，讓他先分給他的手足過年，待年後開新戲再扣還。並聲言我方正與某作家（古龍）傾談版權，過年後如果洽談順利，會有一個很好的題材給他拍攝，請楚原稍等。這些情況楚原都沒有提及。」

兩個當事人的說法，頗有出入，聰明的讀者，你們相信哪一個呢。問我？我的答案：I don't know! Sorry!

導演楚原

一九七三年楚原執導的《七十二家房客》，破了香港賣座紀錄

《上海灘》的奠基者——招振強

我在電視台胡混了整整四年，一事無成。比起同期朋友，自愧不如。一九七九年進無綫（TVB），首個劇集是《名劍風流》，改編自古龍同名小說，胡沙任劇審，我敬陪末座，負責故事，年富力強，一個星期就把故事段落寫好，呈交監製招振強過目。

那時，招振強在無綫已有相當地位，由於那時「七君子」那幫老臣棄暗（無綫）投明（佳視）之際，他緊守崗位，不受利誘，高層因而十分器重。所以接得任務時，就有人來說：「沈西城，招仔很嚴格，你要小心在意。」向我提出善意的警告。沒錯，招振強做事頂認真，要求也高，卻不算苛刻。看了大綱，特意把我請到他廣播道的家去。地方不大，佈置脫俗，客廳裏無沙發之設，僅有軟墊，靠牆而立。客人到來，落地而坐，無拘無束，方便傾談。還有一個大紙燈籠，類似江戶文物，我嗅到了吉原遊廓（日本江戶時代政府認可的風月區）的味道，只是不見遊女蹤跡，略有所失。呀，屋主愛東洋文化，真是一個解人！

招振強很客氣地說出了對大綱的看法，頻說：「不錯、不錯！」至少大部分意見契合，不用太多修改。以為安車平八路，路路皆通了，豈料橫刺裏的一句話，教我大大吃一驚。招振強說男主角會起用夏雨來飾演。一聽，幾乎暈過去。（有無搞錯？）我一向建議用鄭少秋飾演風流倜儻的俞佩玉，這一早就寫在大綱上。秋官的古裝扮相，瀟灑雋雅，實不作他人之想。當下反對，招振強卻堅持己見，寸步不讓。罷罷罷！膝頭大過髀，還有什麼好說的？只好打掉牙齒和血吞。

《名劍風流》劇情不俗，收視平平，原因何在？看官們，這還用多說嗎？不言而喻唄！後來方知道起用夏雨實非招振強的意思，朝中有人好做官，夏雨乘勢成了俞佩玉。良心說話，夏雨確是個好演員，演市井人物，確係一絕，卻不宜演風流自賞的濁世佳公子。若干年後，在飯局上重遇招振強，聊起這件事，他拍着我的肩膊說：「兄弟，你應該明白的。」語重心長，能無憾焉！

《名劍風流》是我從麗的過檔跳槽無綫的第一炮，炮開了，卻響不起來，於是我又沉寂了一段時期。這時，招振強接到新指令，拍攝《上海灘》，聽得這個消息，我喜從中來，整個創作組裏，只有我一個人是上海人（還有王晶，上海話不靈光），講上海灘，捨我其誰？這真是美麗的誤會呵，高層派了一群廣東同事主其事，其中一個是我珠海學院老同學陳翹英，出任劇審、編劇，故事嘛，都挨不到我。心中頂憋屈，上海人無緣拍《上海灘》，天理難容呀，真可恨！倒是老同學解氣，有一回跟我喝咖啡談起了上海灘，我興致勃勃地把杜月笙跟黃金榮在上海灘摸爬打滾的奮鬥事蹟一一說了出來，翹英聽得津津有味。

《上海灘》的故事脫胎自一部我倆看過的法國電影《Borsalino》，阿倫·狄龍（Alain Delon）、尚·保羅·貝蒙多（Jean-Paul Belmondo）主演，說的是難兄難弟未發跡混在一起，情義相挺，飛黃騰達之後，時勢、人事轉異，兩人遂生隙嫌、矛盾，再加上禍水紅顏，終反目成仇。故事跌宕起伏，引人入勝，我們看了多回，一直藏在肚子裏，無時無刻不想把它變成電影或劇集。眼下遇到《上海灘》，聰明的陳翹英就想到無妨把這部電影掇過來一用。許文強就是阿倫．狄龍，丁力變成尚．保羅．貝蒙多。這裏面還有一段小插曲，我跟翹英提出，丁力不妨起用「賓士雄」（許紹雄），外形氣質都跟貝蒙多酷似，尤其是那股獃氣，有如重疊，實在太像了。滾他媽的什麼蛋，後來居然選中了呂良偉，一炮而紅。人的命運，一早寫好，皆由前定，咱凡人有什麼好說的！

在無綫兩番建議受挫，我對電視編劇失去了興趣，還是乖乖的做一個稿匠吧！《上海灘》火了，周潤發、趙雅芝、呂良偉、甚至陳翹英都紅了，盡過少少綿力的稿匠，可說一無所得。我向朋友吐苦水，卻沒得到一句窩心話，大家只有冷冷的說：「小葉，想要在電影圈、電視圈混日子，我看只有兩個職位你可以考慮，便是導演和演員。」導演，我無領導之力；演員嘛，賣相不靈，就甭想了！啥都不靈光，那咋的能在這個行業裏撈一瓢水？還是乖乖做賣文郎，好好寫舊故事、老人物吧！許久許久沒見過招振強了，離婚後的他，過得怎樣？很想知道。

●《上海灘》的奠基者——招振強

翻生洪七公李惠民

「洪七公來了，洪七公來了！」佳視創作室門外起了哄，我循聲響處望過去，一個身材不高、肥嘟嘟的青年出現在門前，一頭亂髮遮着眼，臉上露着嘻嘻笑，頂着大肚子，急急走進來。快步掠過我身邊，像一陣風。這傢伙是誰？問身邊同事王學文，回說：「李惠民導演！」呵！原來就是推理劇場的合作夥伴李惠民！聽說是少有的工作狂哩，四十八小時不停地工作猶不累，是電視界一等一狂人。粗看，跟想像中的洪七公倒有幾分相似，再看清楚一點，唷！更像金庸筆下另一個人物周伯通。王學文同時笑了一下，道：「不管他長得像不像，咱們都沒有見過周伯通和洪七公。世上根本沒有洪七公和周伯通，他們只是金庸先生塑造的武俠小說人物。我們對洪七公、周伯通的印象，全是承接自金庸的塑造，然後隨心描繪出他們的臉孔，對嗎？」聽來有點兒道理。按照我們描繪所得的印象，跟李惠民的賣相確有幾分相似。佳視同寅管李惠民叫洪七公，他從不以為忤，賊嘻嘻地，還有點喜歡這個雅號呢！

在電視台裏，比較談得來的朋友，李惠民要算是其中一個。早在佳視時期，李惠民便跟我合作拍攝推理劇場，這是香港有史以來，第一趟把日本推理小說改編成劇集，成績很好，收視卻不佳。先天不足，後天返魂無術。李惠民是一個對藝術十分執着的人，看劇本，往往針對其中一個小處提出反論，把編劇弄得很尷尬，這就需要我這個劇審打圓場。手板是肉，手心也是肉。有時候，真的不知如何應付，好言相勸，不成事，合縱連橫，也不濟，只能做好做醜，矮下身子，死命勸：「民哥，算了算了，不要太固執，大家退一步，編劇也是人嘛！」你道李惠民如何作答？虎眼一瞪，頭一側：「沈西城，我不也是人嗎？」

李惠民的頭很大，頭向橫一側，就顯得更大了，因而又為他博來另一個雅號

「大頭民」。李惠民的外表不叫得英俊，對女人，卻另有繫人心處，身邊有一個十分漂亮的女PA（助導），天生一對水汪汪的大眼睛，人見人愛，大頭民可近水樓台先得月，卻放棄了權利。問原因，回說：「不想跟人爭，橫豎都是輸的，何苦來哉！」鬼才聽他的，前前後後三段婚姻，風流之處，非常人能及。

在電視圈，獨領風騷的是《天蠶變》，蕭笙監製、黃鷹等執筆編劇，紅了一個徐少強；電影拍得最好的是《新龍門客棧》，跟徐克合導，外景全出自大頭民。滿天黃沙，馬蹄疾疾，刀光劍影，天地變色，廣袤遼闊的武俠夢，永遠存在李惠民心中！

近年的李惠民

胡金銓一哭再當導演

許多年前，就認識了胡金銓，跟銀幕上的形象大不相同，胖而不鈍，腦筋靈活有異常人，不少自詡天才者猶有所不及。怎個靈活法？無妨舉一例言之：他本來不大懂英文，《龍門客棧》一舉成名後，發狠啃英文，結果不但能講且還能寫。他告訴我許多在外國發表的英文講稿，都是出自自己手筆，我一聽，嚇了一跳，這可不是鬧着玩的呀，我讀了十多年英文，講不行，寫不濟，胡大哥（胡金銓）憑什麼，真有這能耐？一回聽他跟老外講英語，嘰哩呱啦，標準美國音，真行，講稿寫得筆走龍蛇，文法無誤，嚇煞小葉。許多外國電影工作者，提起金銓的名字，無不豎起大拇指，高喊：「Marvelous！」

成名的背後，往往包藏了辛酸，胡金銓未成名前，可嘗遍眾多酸澀苦辣的滋味，在片場當美術小工前，曾在天星碼頭畫廣告牌，攀上爬落，險象環生，僅能餬口。美術小工不賺錢，只好「跑龍套」，賺個二分四，他不氣餒，立誓要當導演，人罵他：「神經病」，他眼皮一翻，罵道：「你才是！」對自己信心百倍（以我之才當可勝任愉快啊！），那時，他的把兄李翰祥已憑《江山美人》奪得亞洲電影節最佳電影獎，打響了招牌，大樹足可遮陰。

有人在朝好當官，胡金銓趁個空隙，一把拉住李翰祥：「我的哥呀，你可得幫襯幫襯小胡不可！」錦州大漢李翰祥是講義氣的，有心關顧把弟，不慌不忙說：「做得到，一定盡力。你想幹什麼？」以為想當個演員、編劇，孰料金銓賊嬉嬉笑：「我想再當導演！」什麼都不難，當導演不簡單哪！看到把兄臉露難色，知事難有可為，悲從中來，忽地放聲大哭，聲震屋瓦。這一哭，猶如天降暴雨，直把李翰祥嚇個半死，連忙加以安慰：「小胡，別哭別哭，我試試說去！」李翰祥謁見邵逸夫爵士（六叔），道明來意。邵爵士臉一緊，陰霾滿布：「小胡，別別別！他怎行？還記得那部《大地兒女》嗎？我血本無歸哪！」李翰祥挺胸凸肚：「邵爵士，我擔保，他拍不來，我免費補拍，行嗎？」賣座導演出面説項，邵爵士不好不賣人情。於是胡金銓又當上導演，這部電影就是《大醉俠》，空前賣座，捧紅岳華、鄭佩佩。狗尾續貂，衍生了武俠片經典《龍門客棧》。

胡金銓一向喜歡輕挑慢撚，精雕細琢，拍攝速度之慢，圈中無出其右（今有王家衛近之）。因而這個「哭出來的導演」，終其一生，作品來來去去不外乎十多部，卻全然是精品。

胡金銓《龍門客棧》電影海報

張徹有一雙異於常人的手

很少人知道張徹導演有一雙異乎常人的手，即便是他的至親怕也不知道。第一個對我提起張徹雙手的人，是早年移民，今已故去的孫淡寧大姐。「小葉，你為張徹寫劇本，可有留意過張爺爺的雙手？」我回說：「有呀！好白，好嫩！女人也漂亮不過他！」「小猴兒，忒細心，他就發在那雙手上！」

我有點兒狐疑（孫大姐懂得看相？沒聽人說過呀！）那時候，年輕好玩，對相學毫無興趣，不過懂得看相的朋友說過：「男人手如棉，福祿永綿綿。」張徹的手的確闊大白嫩，握在手上，恍如一團棉花，十分受用。

孫大姐又告訴我張徹未成名時，他們是要好的朋友，常常一起聊天（成了名，就不是好朋友了？）。有一天，無意中，看到張徹的手，果然像女人的手，忍不住誇讚：「好看，真好看！」不料，張徹卻忸怩起來，平日的笑臉，忽然間不知溜去了哪裏？顯然不大接受孫淡寧的讚美。說得沒錯，張徹的手，不獨漂亮，且有本事。首先，他的手能夠寫出很好的劇本，未當導演前，就是靠寫文章、劇本謀生，文章多屬影評，敘事翔實，分析透徹。劇本好嗎？見仁見智，難有定論。張徹寫劇本出身，對編劇一向體諒善待，即使做了導演，也從不苛刻編劇。找人編劇，通常是把腹稿故事說一遍，清楚了嗎？行！那就回去寫。交上分場、劇本，直爽地說：「老弟，回家去吧！沒你事了！」劇本照例由他老人家親自修改，他的乾兒子不會再來麻煩你。

有人問：「導演，你付了錢，為何不叫編劇改？」呵呵一笑：「我自家改得來，何必麻煩人家？」（這對話還有另一個意思：嘿！他們改得有我好嗎？）跟邵氏鬧翻，自組公司，看中了小子西城對日本文化的認識，要我寫個有關忍術的劇本，富都樓頭，鮑魚、魚翅、燕窩、美酒招待，還說：「沈先生，多吃鮑魚、魚翅，可以寫劇本。」（怪了，吃鮑魚、魚翅，跟寫劇本何干？四十多年後的今日，還是想不通。）《五毒》劇本寫成，滿以為一改再改的苦難旅程展開了，一稿交出，就斷了綫，影蹤全無。（哇哈哈，真的不用改！開心死我耶！）電影《五毒》上映，戲院觀影，定睛看着銀幕，唷！找不到我的名字啊！編劇換了別人，媽的，咋回事？跑去找前輩訴苦，聽罷，淺淺一笑，瞇着小眼睛問我可有收到劇本費，答曰：「收到，一文不欠。」「那便行，還有什麼不滿意的？」

人說張徹多才多藝，不做導演，改行賣字，也可以餬口，看似拍馬，卻是實情。張徹的手，除了撰文章，寫劇本以外，還能作曲。一直以來，人們都說《高山青》（《阿里山的姑娘》）是台灣民謠，才子黃霑不服，撰文澄清，說是張徹所作，當堂引起哄動。張徹這首《高山青》作於四九年間，地點是在台灣。（註：《高山青》為四九年台灣電影《阿里山風雲》之主題曲，填詞者為鄧宇平，導演是張徹。作曲者是周藍萍，版權則登記於聯合導演張徹名下，故有作曲出自張徹之手的說法。）當時他已貴為導演，想不到來了香港，人地生疏，虎落平陽，一直沒法當導演，只好拾起禿筆，在《新生晚報》以何觀之名寫影評，偶涉劇本。

那年頭，文章無價，劇本更糟。張徹饔飧不繼，日夕鬧窮，什麼都可以不要，不能口中沒雪茄，叼在嘴角，文思無窮。有人斥責張徹成名後，日夜雪茄不離口，氣焰凌人，孰不知遠在《新生晚報》時代，咱的張徹已是雪茄超級擁躉矣！說他傲慢不可一世，實在污衊了他！

除了寫文章、劇本，張徹的手還能寫出龍騰虎躍的書法。古人云：「鐵畫銀鈎」，庶幾近之。在電影圈中，張徹的字，大有名氣，送過一張條幅於友，錄蘇曼殊詩句——「春雨樓頭尺簫，何時歸看浙江潮。芒鞋破缽無人識，踏過櫻花第幾橋。」氣勢之磅礴，如刀割肉，一鈎一捺，俱見功力。爾後，我每次想到這張條幅，都會憶及張徹，同時也緬懷起日本摯友中薗英助。中薗君晚年寫了《櫻之橋》，追念詩僧蘇曼殊的一生，託我翻譯，答應下來。少年荒唐，好飲貪玩，終不成事，愧對中薗君。

張徹晚年佝僂失聰，與人晤，必召至尖東富豪酒店咖啡室，以紙作筆談。我以《花花公子》香港版總編輯身份作訪談達二小時有餘，詳述生平，風虎雲龍，日月星辰，至末，哽咽不成聲，我心戚然，忍悲訣別。走在漆咸道上，黃昏歸鴉，啞聲淒叫，竟與張徹同。

本書作者以他獨有的角度去反映其所處時代的香港電影的一段歷程。

回顧香港電影三十年

A Retrospective of Hong Kong Films over the Last 30 Years

張徹 著

新古今香港系列

近年重出張徹的《回顧香港電影三十年》

第二輯

歌嘆眾生

詞聖盧國沾才氣不凡

隔窗看遠山，遠山不含笑，乍看淚在流，天灰風飆，接到盧國沾去世噩耗，很是傷感。時光回到一九七八年的某個夏天上午，一個電話，掛到我在廣播道碧麗閣佳藝電視台創作組辦事處，聲音沉雄：「沈西城，我是盧國沾，你好！我有一個推廣部的同事王學文，喜歡寫劇本，你那推理劇場，可否給他一個機會？」盧國沾貴為推廣部主管，他薦的人不好推（不好推搪）。未幾，一個衣着樸素、長相英俊、鼻樑上架着黑框眼鏡的青年走進了辦事處，向我訴說對寫劇本的熱情。真想不到，他這一來，居然開展了我倆四十七年至今未斷的友誼。

推理劇場壽命短，佳藝倒閉，樹倒猢猻散，同事各奔前程。盧國沾受莫何敏儀之招，投懷麗的電視台（RTV），頭銜是推廣總監，王學文自是跟隨左右。在無綫電視台（TVB），盧國沾是梁淑怡得力手下，「六君子」投奔佳視，自有他的分兒。因他善待同事，TVB推廣部人員轉職佳視的最眾。

其時，香港詞壇有四大高手：黃霑、林振強、鄭國江和盧國沾，除了林振強，均我素識，尤其是黃霑，曾當着人說：「沈西城這傢伙，化灰我也認得！」若非相知，緣何會這樣說。有一回，跟他在半島酒店相遇，坐下喝咖啡，聊起香港歌詞，很推崇盧國沾：「他是一個很有前途的填詞人，將來一定不得了。」可後來，又說盧國沾生活圈子不夠闊，因而填詞的寬度不足。霑哥，Sorry！這個說法，我不大同意，盧國沾作詞的路綫非常廣，既有《大地在我腳下》，豪邁奔放，復有《每當變幻時》，沉鬱悲愴，豈有狹隘，寬度不足？

黃霑最膾炙人口的歌詞就是《上海灘》，咋寫出來的？「哈哈哈，沈西城，你可知道《上海灘》的歌詞，我是怎樣寫出來的？」一杯啤酒在手，咧起黃牙，細說從頭。原來歌詞寫了又改，改了又寫，總是不滿意，眼看Deadline（死綫）到了，急得如鑊上螞蟻。躊躇間，忽然腹痛，急入洗手間，坐在廁板上，打了一個冷顫，「咚咚咚」黃澄澄糞便順流而出，靈感忽至，於是「浪奔浪流，萬里滔滔，江水永不休……」我聽了捧腹。黃霑這傢伙，真是什麼都說得出來，盧國沾作詞不如黃老霑那麼癲狂，多在晚上寫歌詞，徹夜不眠，咖啡提神，壞了身子。

正式面晤盧國沾，許是一九七五年吧！某個周末中午，我們一班又一村出版社之友：戴天、翁靈文、黃俊東、俞志剛和我坐上汽車，直奔九龍廣播道五台山探訪林燕妮。林姑娘是TVB推廣部主管，五個大漢衝進她的辦公室，一陣香氣迎面來，身上的香水味，木架上的花香，混在一起，真令人陶醉。正閒談間，敲門聲響，進來了一個戴眼鏡的青年，手上捧着文件，畢恭畢敬地放在林姑娘的枱面上說：「林小姐，你看一看！」跟着就向我們招招手，退了開去。

林姑娘說：「這是我的同事盧國沾。」「哦，是不是寫歌詞的那個盧國沾？」我問。林燕妮笑了笑：「盧國沾喜歡寫歌詞，寫得很好。」

我跟盧國沾的交往並不多，聽王學文說是一個好上司，很善待同事，要求高，卻從來不會責罵，即使工作有誤，都會勸喻改正，加以鼓勵。他是孟嘗君（喜歡請客），常常邀請同事到他堅尼地道慧景台的豪宅聚會，喝酒、聊天，樂也融融，因此推廣部的士氣高漲。

那時TVB跟RTV爭持激烈，梁淑怡想在宣傳上壓倒RTV，專門報道TVB演藝動態的綜藝節目《K100》應運而生，男主持起用鎮台之寶何守信，女主持用什麼人好呢？眾說紛紜，盧國沾毅然起用他的女秘書韓瑪莉，本是舞蹈藝員，後來跟隨盧國沾，當上秘書。盧國沾說：「這小妮子，靈活聰明，給她一個機會吧！」韓瑪莉毋負厚望，口齒伶俐，應付自如，成了名，後來更成為長劇主力，盧國沾可說是她的恩人。

公餘，盧國沾愛舞文弄墨，一九八五年出版過散文集《我戀我哭》，文筆簡潔清新，殊可一讀。白天忙電視台工作，夜裏通宵寫歌詞，積勞成疾。九〇年某天在浴室暈倒，撞穿眉頭，血流如注，送院昏迷，數日始醒，從此左手癱瘓，行動不便，悄然引退。

盧國沾名作不少，我最喜歡的是《小李飛刀》：「難得一生好本領，情關始終闖不過，闖不過柔情蜜意，亂揮刀劍無結果……」當然還有《每當變幻時》：「懷緬過去常陶醉，一半樂事一半令人流淚，夢如人生快樂永記取，悲苦深刻藏骨髓」，言簡意賅，瓊然不凡，堪稱詞聖。三月十九日，盧國沾安然夢中長逝，是一種修來的福氣。如今，作詞四大家，已去其三，才人不再，我悲哀，亦深悼！

● 盧國沾生前出版的著作《歌詞的背後》暢談歌詞創作的背後故事

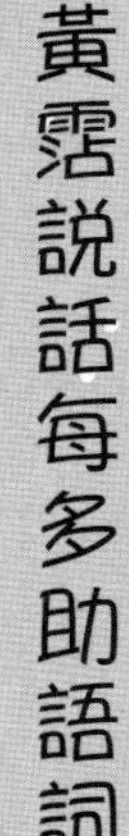

黃霑說話每多助語詞

認識黃霑的人，通常對他有如下兩種看法，一是此人風趣，甚為好玩；二則是此人粗鄙不文，貽笑大方。兩派對立，涇渭分明，這兩種極端相反的印象，說真的，都屬正確無誤，沒錯！黃霑身上正巧擁有着這兩種極端的性格，相輔相成，甚為奇異。要說到黃霑的風趣，無妨舉一個例子。好多年前一個風雨夜，咱一班人在禮頓道水車屋呷清酒，吃燒鰻魚，東西南北，無所不談。談興濃時，黃霑說到曾遇賊，觸發靈感，想拍一部叫做《笨賊霑》的電影，構思被電檢處判為不文，不准用此戲軌，只好作罷。有人訝而問其故，黃霑回道：「這部電影就是賣戲名，不能用，有屁用！」

為什麼會觸發黃霑去拍《笨賊霑》？原來話說半年前，同樣是風雨夜，披着雨衣的黃霑，應酬完畢回家，剛抵家門，暗角竄出二賊，其一用亮閃閃的利刀抵住他胸口，喝令伏下，不然白刀子進紅刀子出；另一賊伸手搶去他眼鏡，不到一分鐘已罄盡其所有。事後，黃霑對朋友說：「老實說，我都很佩服那兩個賊，真手快，比我跟林姑娘幹那回事更快！」我們一班老友，無一不笑得捧腹。這種情色笑話，虧黃霑說得出。黃氏獨家露骨式的風趣，可見一斑。

黃霑的粗鄙不文，不獨聞名友輩中，一般讀者也瞭然於胸。平日喜歡講不文笑話，有友說：「阿霑哥，你如此喜歡講色情笑話，何不筆錄下來出書？」好錢如命的黃霑，一想也是道理，這是生意經，黃老霑豈能落於人後乎？火速付諸實行，東拉西扯，炒成一碟，書成出版，洛陽紙貴，人手一本，於是，一版再版又再版，一路版下去……最後破了香港出版界的紀錄。

有人問黃霑這本《不文集》到底賣了多少本？賺了多少錢？咧開嘴，騎騎笑：「足夠供我小兒去外國讀大學——有餘！」噫，豈非近一百萬港元？一本小書，版稅百萬，怎能不羨煞旁人呢！黃霑的性格其實很可愛，不管什麼場合，都會口若懸河地說個不停，當然其中還夾雜了不少市井俚語，高級的、低級的，照說無忌。有人勸他要有節制，他嗤之以鼻，說：「這是助語詞，加重語氣，更深表達內心感情，懂不？」勸者氣結。市井俚語運用如此到家，何不再來一本《香港市井俚語集》？黃霑搖搖頭：「不行，我太忙，沈西城，不如你來寫！」想也不想便說：「不行，我也很忙！」黃霑歪着嘴：「你忙什麼？」好整以暇地回答：「我無事忙呀，阿霑哥！」於是能打破《不文集》出版紀錄的巨著《香港市井俚語集》，終歸胎死腹中，不見天日。

黃霑的《不文集》

夢裏百花正盛開
——憶念黎小田

二〇〇二年春，鹿聲漸遠，大節過後，市面冷落。月尚未懸的黃昏，我耽在黃泥涌道鋼琴酒吧，跟老闆、胖嘟嘟的米高（黎小田）閒聊，從《可憐天下父母心》到《神童捉賊記》，淚痕、笑聲不絕。夕陽已西下，又到別離時候。

小田一把抓住問：「我的歌曲，你最喜歡哪幾首？」毫不猶疑，豎起三根指頭：《人在旅途灑淚時》、《換到千般恨》、《問我》。報以嘉許眼神，英雄所見略同。

一九七八年秋，我從佳藝轉職麗的電視任策劃，黃昏下班，每到走廊電梯前，必偕同事吳偉榮合唱此曲：「夢裏百花正盛開，夢醒再沒有存在，付過千般愛，換到千般恨，誓約已經變痛哀。」黎小田的曲，盧國沾的詞，嚴絲合縫，麗的同事幾乎人人都懂唱，而且唱不休。美艷親王柳影虹亦因此曲紅遍大江南北，後唱者雖多，沒一人能逾虹姐半步。聲婉幽怨，哀而不傷，此唱難得有。

小田生於音樂、文化世家，父草田，跟音樂大師于粦齊名，才華橫溢，鍾情藝術歌曲，冀望小田子承父業，發揚藝術歌。小田反叛，逆父意，不愛鋼琴，縱情吉他，「貓王」是他所愛，拿起吉他，自彈自唱，快活逍遙。草田叔叔大憤，將小田六根吉他盡數砸個稀巴爛。母楊莉君，報壇女漢子，爽朗豪邁，筆名韋妮，銀壇小品是一絕，另編《良夜》周刊，竟邀我翻譯橫溝正史推理小說，可說是破天荒之舉。玩吉他，小田第一；彈鋼琴，難入流，學至六級，自動放棄；吉他長伴身邊。

初晤黎小田，約於六十年代中，地點是中環夏蕙夜總會，跟一街之隔的金寶夜總會，並列名店。顧嘉煇大樂隊長駐於此，我的老大哥陳伯毅是旗下大提琴手，偶然夜裏到夏蕙，伯毅大哥必送上一杯啤酒，讓我獨坐在音樂台下，耳聽鳴茜婉囀歌聲，口啖透心涼啤酒，細聽《公子多情》等名曲，人生一大享受。其時，尚未有大名的小田，多在周末茶舞時段到來，靜聽輝Sir彈奏，暗裏偷師，可以說是顧嘉煇的半個徒弟。跟小田不能說相識，他的身影早在我心中，他是五十年代有名的童星，先拍長城公司國語片，後改拍粵語片，《神童捉賊》系列讓他聲名大噪，胖胖矮矮的個子，閃着精靈的眼睛，天真微笑，清水鼻涕，一索一放，誰會想到他會成為香港樂壇名家。

七十年代，香港流行樂壇有兩大巨匠，顧嘉煇在TVB；黎小田在麗的，相互對峙，各展其才。顧嘉煇有《上海灘》，氣勢澎湃，雄渾極致；小田有《換到千般恨》，陰柔至美，柔情似水。有曲不能沒有詞，黃霑詞配顧嘉煇，盧國沾詞傍黎小田，皆是天衣無縫的鑿合。無巧不成話，四位大師，不是我的前輩，就是我的朋友。黃霑為我的書寫過序，盧國沾是佳藝同事，顧家煇是誼姐顧媚之弟，黎小田有點親戚關係。唉，如今居然沒一人存世，前塵往事，有如夢影。

近日，友人石中英君舉辦了黎小田追念會，有創天荒之舉，竟將《問我》一曲譜成西詞，張家誠編曲、顧雯昕填詞，於是「問我歡呼聲有幾多，問我悲哭聲有幾多，我如何能夠一一去數清楚……」一變成為「This was once a pretty town. With some memories half done……」而《問我》亦易作了《City of Hope》。緣何有此構想？且聽石中英道來——「Michael 是二〇一九年十二月離世的，一個約定，一個小田與我生離死別的約定，促成了二〇二三年十一月的茶聚。在太古廣場的茶座 Emana 梁凱椗代我邀請了素未謀面的青年作曲家張家誠，談談如何將小田的遺願，以《問我》的旋律，配上他生前認可的英文歌詞，做一首公益慈善新歌。」歌名就定作《City of Hope》。十二月廿三日平安夜前夕，在銅鑼灣如心廣場禮堂，由 Emana 公開演繹，妙曼的旋律，甜美的歌聲，意義深長的歌詞，打動了我們的心扉。

最後一次看見小田，是二〇一四年四月，在圓方商場戲院看電影首映，他來參加。我走到他身邊低聲問：「Michael，你是不是有一個堂姪女叫阿珍？」「你怎知道？」我附耳對他說：「她是我第二任妻子！」「哈哈，原來我們是親戚！」去世五年了，大舅子，你在天上可有彈吉他？

詞聖陳蝶衣：回頭望一望

窗外風雨淅瀝，室內燭影搖紅，我攲椅獨坐，耳聽費玉清情歌《鳳凰于飛》——「柳媚花妍鶯聲兒嬌，春色又向人間報曉，山眉水眼盈盈的笑，我也投入了愛的懷抱。像鳳凰于飛在雲霄，一樣的逍遙。像鳳凰于飛在雲霄，一樣的輕飄……」嗓音一如棉花糖，聽得我整個兒酥了。天唷，唱得比原唱周璇還好！

這是老前輩陳蝶衣（蝶老）一九四五年的處男作，電影《鳳凰于飛》插曲。當年，蝶老是雜誌編輯，被歌仙陳歌辛拉來作詞，本是客串性質，不料成為長期飯票，餬口家業。雙陳合璧，睥睨四十年代上海歌壇。七十年代初，我在佐敦北京酒家大成雅集上，跟瘦削秀氣的蝶老結緣，相交逾三十年，往來並不多。近日，有朋友問我為什麼不寫寫一代詞聖？深然其說，開始構思。寫蝶老，說難不難，說易也不易。講是老朋友，我這小輩似乎自抬身價，我們交往畢竟有限，相互接觸當中，只覺彼誠懇熱情，卻從不發覺他身上有什麼趣兒，因而下筆頗感躊躇。那麼，蝶老是否真的沒趣兒呢？想深一層，又未必盡然。蝶老也有一點奇趣怪習，可供談佐，這裏不妨寫一寫！

首先是他的手稿。蝶老作興用墨水鋼筆寫稿，字體向右偏斜，大而工整，很受各大報館字房工友的歡迎，看來不費力氣，工作速度自然提高，人人如此，字房工友大可準時下班。其時報館作家如三蘇、簡而清，字體東歪西倒，字與字之間，纏扭在一起，有如脆麻花，即用放大鏡，也只能看懂四五成，餘下請君猜度。工友一看到他們的稿件，莫不搖頭嘆息，叫苦連天。既有惡人，復有好人，金庸、黃霑、蝶老名列榜上，字體清秀端正，人人歡迎。蝶老喜用鋼筆寫稿，也非人人受用，編輯有迥然不同的看法。原來鋼筆寫稿，雖云清楚，卻比用原子筆容易弄髒。有時候，不慎枱前茶、啡倒翻，鋼筆字就會化開，不能分辨，這正是用鋼筆寫稿的一大弊端。蝶老除用墨水鋼筆寫稿外，還喜歡用紅墨水改文章，紅是熱色，若然給咖啡漫過，你想想會變成啥個樣子？

每個作家都有每個作家的習慣，慣了，一時三刻改不掉，只好順他意。每趟收到蝶老稿子，編輯部同寅，誠惶誠恐，如履薄冰，生怕一不小心，咖啡浸漫原稿，唐突蝶老。即便學問深邃的老總作亡羊補牢之舉，亦無濟於事，最後只好求蝶老補送謄本救亡。蝶老寫稿，還有個癖好，就是喜歡做詩，每於段落之末，補上一首詩。問蝶老為何如此？答道：「阿拉爺老頭子喜歡做詩，耳濡目染，成了習慣，每寫文章，到文思泉湧之際，就忍不住要做幾首過過癮頭了！」憑良心說，詩做得極好，尤其是感時傷懷的詩，更是別有用心的抒發，每每把人刺得哭笑不得。曾有詩諷蘇東坡不許楊太真啖荔枝，詩云：「一如卿亦變朝雲，朕有環肥豈異聞？卿在嶺南誇日啖，細君是否未支分？」未因古人留情面。《大成》雜誌每期都有一個時事諷刺小品欄目，鋒利如鋼刀，辛辣勝辣椒，作者耑名「王好比」，那是我每期必看的文章。某日，跟蝶老蘭宮酒店喝咖啡，無意中提到王好比。蝶老喝口咖啡問：「你想認識王好比？」

「那當然！蝶老，儂認得伊？」想也不想便回答。蝶老淺淺一笑，洋洋自得：「當然認得，遠在天邊，近在眼前，小可正是『王好比』！」聽了，不覺一怔，蝶老從未如此風騷過也。

蝶老寫稿數十年，鴛鴦蝴蝶派小說、現代雜文都寫過，以論成績，都無法跟他所填歌詞相比。根據蝶老回憶，填詞逾五千首。「小開，考考儂，講得出哪幾首？」話裏有諷刺意（小鬼頭，看看儂價本事了！是驢是馬，拉出來遛遛！）我挺胸（老爺子，勿要小看我，遛便遛，誰怕誰？）於是：《情人的眼淚》、《鳳凰于飛》、《春風吻上了你的臉》、《南屏晚鐘》、《我有一段情》、《我的心裏沒有他》說了一大堆。「好哉好哉！算儂有料足！」填詞五千，銅鈿賺勿少咯！「誰說的？那時沒有CASH，哪有版權費可收，窮死人！」先住鑽石山，後移居廉租屋，樂道安貧心兒寬。填詞掙不到飯吃，只好編劇。在邵氏的時候，跟葉逸芳是兩大王牌編劇，邵氏改組後，蝶老只好放棄了編劇。

我問蝶老填了那麼多詞，哪一首最喜歡？蝶老低首沉吟，半晌，漏出了：「《我有一段情》吳鶯音唱的，還有，《鳳凰于飛》，我的處男作。」說時有點靦腆。

跟着問：「你呢？小弟，你喜歡哪一首？」我嘛，當然是《情人的眼淚》！因為情人的眼淚，最是珍貴。起身離座欲歸，喚住我：「你漏了外套！要記得！離開每個地方，千萬要回頭望一望！」深切的叮嚀，我永遠記得。

香港之鶯徐小鳳

耳畔傳來歌聲：「眼波流，半帶羞，花樣的妖艷，柳樣的柔……無限的創痛在心頭，輕輕地一笑忘我憂……」我鼓掌：「白光姊唱得好！」「瞎三話四，儂近視眼，看清楚，是徐小鳳在唱！」身邊的填詞名家司徒明連笑帶罵瞧着我。真的嗎？哪有唱得真這麼像？瞇着眼睛看，喔！真是徐小鳳。一直以來都有人說徐小鳳的歌路近白光，我是白光姊歌迷，愛屋及烏，對她有了偏愛。不過近歸近，卻不是十足十的模仿，而是蹊徑另闢，有個人的風格。也許在開始時，徐小鳳的確有模仿白光的傾向，隨着時日的洗刷，已刷掉了模仿的痕跡。到後來，已沒有人說徐小鳳模仿白光，而是後繼者在學徐小鳳！最出名的就是劉安琪和梅艷芳。

什麼時候聽徐小鳳的歌？且將回憶拉向六十年代中期吧！那時北角皇都戲院隔壁有一家銷金窩夜總會，乃北角最熱鬧的夜遊場所，皮袞公子、顧曲周郎大多薈萃於此。入夜，門前車水馬龍，場內座無隙地，衣香鬢影，弦樂繞耳。

徐小鳳挾「香港之鶯」名銜駐唱宵夜，隆重其事，在門口樹立廣告彩牌招徠，烏雲疊鬢，粉黛盈腮，檀郎折腰。

其時我堂哥在告羅士打酒家當部長，有一個茶客常來品茗，因而跟他成了好友。這個朋友的職業很特別，是一名私家偵探。那年代私家偵探並不普遍，因而引起了我的興趣。這個朋友姓陳名培展，好客健談，社會上古靈精怪的事情，全在他心中，我常套故事，移花接木，寫成短篇，投去《明燈日報》的「日日小說叢」，賺取稿費。有一日，陳培展對堂哥說：「康哥，我想請你幫個忙？」「什麼忙？」咱倆兄弟同口異聲問。「我弟弟培達當了歌星，明天晚上會在北角銷金窩登台，希望你們能捧捧場。」告羅士打老茶客做醫料批發的嚴秋，素喜聽歌，馬上舉手贊成，並應承調齊人馬捧場。

那一夜，可夠熱鬧了，十時許，一行十多人齊齊操上銷金窩。陳培展出手闊綽，呈上兩瓶大號沙樽拿破崙名酒，一手拖了他弟弟培達出來招待我們。一個英俊瀟灑的年輕人，穿着黑色鑲金邊禮服，哈腰打招呼：「各位大哥，多指教，多給意見！」，小培達歌藝平平無奇，賣的是英俊瀟灑。

歌畢，培達笑嘻嘻地，拉來一位年輕女士，走到我們面前作介紹：「這是我的好妹妹香港之鶯徐小鳳小姐！」眼前麗人穿着黑緞套裙，腳踏紅色鑲鑽高跟鞋，輕搽脂粉，體態盈盈，嬝嬝娉娉，懶染鉛華，實難想像跟門前彩牌上是同一個人。須臾，輕曳蓮步，上台，張口放歌，有：《戀之火》、《我等着你回來》、《魂縈舊夢》……深情比酒濃，台下的我們手都拍紅。月影長街，燈影朦朧，我唱：「花落水流，春去無蹤，只剩下遍地醉人東風……」呀，不唱了，天地只剩我，我醉了！

過了兩天，心癢難熬，又跟堂哥登上銷金窩，徐小鳳過來招應，殷勤一如老朋友，跟堂哥說：「阿康哥，我現在要走好幾個場子，香港、九龍都有，香港銷金窩是最後一場。為免舟車勞頓，很想在北角找一個小地方歇腳，你可有什麼熟悉的地方可以介紹？」（當然有，北角道、渣華道、堡壘街、明園西街……都可以。）那時候，徐小鳳還未成大名，歌酬不足住華房。堂哥有找過，後來卻不了了之。

時光荏苒，來到八〇年代末，我在新藝城參與《龍虎風雲》的編劇工作，閒話間，門外走過一班人，其中一個身影非常眼熟，咦！不是徐小鳳是誰？新藝城創辦人之一的石天擁着徐小鳳進內跟導演林嶺東寒喧，石天問及《龍虎風雲》的進展，動作指導朱繼生回答：「石老闆，一切順利，放心放心！」林嶺東禮貌地作了介紹，徐小鳳一聽，訝然：「沈先生，我是你的讀者！」我一怔，有點兒意料之外，往事現心頭：「徐小姐，你好嗎？我是你的歌迷，還記得北角銷金窩嗎？」她有點兒錯愕，很顯然往事記不牢了。

說是徐小鳳的歌迷，實是肺腑之言，以我的個性，很難成為某歌星的歌迷。直到如今，男歌星也只有費玉清，女歌星不外顧媚、夏丹、葉楓罷了。許多人以為徐小鳳是湖南人，湘女多情真不假，連我也有這樣美麗的誤會。原來小鳳是湖北姑娘，惟亦嗜辣。聽人說唱歌的最重要養嗓子，忌吃辣，徐小鳳吃辣，卻不傷喉嚨，豈非老天爺賞她飯吃？徐小鳳成名後，正如上文所述，劉安琪、梅艷芳歌路都近似她，惟都不能超越她，梅艷芳走出了自己的路，成了百變梅艷芳，劉安琪則芳蹤已渺。

今夜走過銷金窩舊址，耳畔彷彿聽到徐小鳳沙啞磁性的歌聲——「我等着你回來，我等着你回來，我想着你回來，我想着你回來，等你回來，讓我開懷，等着你回來，讓我關懷，你為什麼不回來……」回頭望，哪有什麼人影兒？銷金窩早已成為歷史陳跡！

年輕時的徐小鳳

夏丹姊，我不要你忘了我！

哈哈，我今年7-eleven了！——大約十年前，銅鑼灣富豪酒店地庫咖啡廳，坐在我旁邊的中年女士夏丹直率地說。

7-eleven，就是七十一，鮮有女人如此報上年齡，我的記憶裏，夏丹是第一人。坐在夏丹對面的顧媚，你問她芳齡，輕輕地回以一笑，我們識相噤口。若然問美女作家林燕妮，素手托香腮，嗓音懶洋洋，眼睛恍如入夢：「你——猜呀！」永遠不會給你答案。跟爽朗的夏丹相差太遠了，我喜歡她，尊重她，叫「夏丹姊」，「不，叫二姊，我是老二。」自此，「二姊、二姊」親切地叫個不停，不是白叫的，換來無數頓美食，肚子餓了，想起二姊，我是饞老蟲！

二姊其實是譽滿東南亞的大歌星，可在香港，知道她的歌迷並不多，起碼不如四妹劉韻、五妹華娃。不明所以，問因由？且聽咱二姐如何說？「六、七十年代，我多在外埠登場，星、馬、台灣，那是我的大本營，那裏我有好多歌迷。」（我知道，白先勇的哥哥白先德每夜都來捧你場！還有蔣家孫子孝文，彩燈亮起，翩然而至。）二姊，你不知道，其實香港也有不少你的歌迷（我便是其中一個）。為啥不專注於香港？爽朗地笑了幾聲：「小弟，很簡單，那邊歌酬比香港大大的高嘛！多上一兩倍，是你，怎揀？人向錢看唄！」

劉將軍之千金，劉氏五姊妹，老二、老四、老五都是歌星。夏丹排第二，尊稱為「二姊」。大姊家庭主婦；二姊當家，巾幗不讓鬚眉，有燕趙之氣，女中丈夫；三妹靜待家中；四妹著名小調歌后劉韻，一曲《姑娘十八一朵花》，周郎耳油出；老五華娃嫁夫鬼才黃霑，多為人識。黃霑逝，華娃心傷，深居簡出，偶然參與慈善歌唱晚會，造福人群。

咱的二姊，名曲不少，歌迷多記不起，不打緊，我來說你知。有聽過《採紅菱》嗎？一定有，問一百個人，至少有九十個說好聽，誰唱的？噢，台灣的冉肖玲？鄧麗君？香港的徐小鳳？都唱過，可都不是原唱，誰原唱的？歌迷們都腦子進水了，原唱正是我二姐夏丹！哦，原來是她，歌迷們如夢初醒。《採紅菱》，節奏輕快，倫巴步伐爽，可我並不太喜歡，我着迷的是另一首抒情歌曲《我要你忘了我》，妹夫黃霑特意為二姨夏丹寫歌詞，情義深濃，只惜親情早不在。

二姊又要出歌集了，要我寫幾句話語，不敢抗命，重聽《我要你忘了我》——「你不要怨我／不要恨我／也不要問我為什麼／無奈何／無奈何／我要你忘了我……」靈感來了，提筆寫下這篇蕪文。我拿起冰凍啤酒，喝了一口，忽然想說：「二姊，我不要你忘了我！」可她現在將會永遠忘了我。為啥？文章做好不到一個星期，老友米高傳來噩耗：「沈先生，夏丹姊今天下午四時零一分走了！」那是六月十四日下午，天色一片暗，夾雜微雨，聽到消息，說不上悲傷莫名，只是有點兒感觸。

早一個星期，二姐已進了醫院，說是肺炎，過兩天便可以出院。可我一直沒等到她出院的消息，給電話，也是關機的時候比開機的時候多。即便接通，說話中氣不足，斷斷續續，上氣不接下氣，完全失去了昔日的爽朗笑聲和嘹亮嗓音：「小弟，二……二姊，吃……吃不下東西呵！」我的心一沉，依據我照顧亡妻的經驗，病人吃不下東西，大不妙。約略祝願幾句，就掛上。事後，輾轉從米高口中，知道二姊得的是大腸癌，發現時已是末期。醫生判斷最多只有半年的壽命。因為還有半年，心想：總會有見面的機會，吃吃館子，聊聊天，於是抱着僥倖的心情等待她出院。文章寫了一半，想着後續是跟她結識的經過，現在這段經過也就不必在這裏敘述了，還是哀思吧！

二姊對我好，亡妻去世那天，本相約在杏花邨吃晚飯，後來，只有我一個人赴約，我強作鎮定，告訴她妻子當日凌晨六時左右去世的消息。二姊一聽，就流眼淚，頻說：「怎麼會的？這麼年輕！」跟着我倆相對流淚，酒樓夥計都好奇地望過來。妻走後，二姊常找我吃飯，不是北京樓、就是泰豐樓，我的新書發佈會，她每趟都來。一個星期，總有兩、三通電話。有時忙，疏忽了打電話。她電話來了：「小弟，怎麼不見你打電話給二姊，二姊想念你啦！」她喜歡我在電話裏面逗笑，我就盡量引她發笑，嘻嘻哈哈，電話着火了，這才掛上。

去年二姐身體轉差，到底是八旬老人，染上 covid 後，有後遺症。我安慰她：「你一定長命百歲。」這只是門面話，人敵不過天，醫生說半年，十天不到，就離世了！人世間再不能相見，好夢滅矣！我還是那句話：「二姊，我不要你忘了我！」今夜，又想你了！夢已滅，情不斷！

甲辰夏月夜晚，寫於滂沱大雨中。

葡萄歌后陳蘭麗
不懂煎荷包蛋

「一時的離別　用不着悲哀　短暫的寂寞　更需要忍耐……」八二年秋，映霞飛基隆前夜，捧着酒杯，在豪華樓樓頭，貼着我耳畔，輕輕地吐送。歌詞句句打動我心坎，我實在不想忍耐短暫的寂寞。如今，四十三年後，短暫的寂寞，變成長期的追思，白頭老翁仍念着這首歌，這女人。這是台灣時代曲《葡萄成熟時》，你聽過這首歌嗎？聽過的不會多吧！誰唱的？誰作的？答得出的，也不會多。只有老歌迷才能記起來，《葡萄成熟時》，台灣歌星「瞇瞇眼」陳蘭麗的成名曲。小麗出道很早，一直聲名不顯，聽說曾經跟隨《綠島小夜曲》歌后紫薇練歌，說得上是紫薇的半個徒弟，可名師出不了高徒，歌壇浮沉，意志殆失。作曲名家翁清溪深寄同情，精心為她寫了一首《葡萄成熟時》（試試吧，小麗！）無心插柳，成就了陳蘭麗。合約四面八方來，一躍成為僅次於趙曉君、楊小萍、姚蘇蓉等大歌后之後的「葡萄歌后」。海派作家過來人，一次樽前論台灣歌星，這樣說：「陳蘭麗歌唱得並不太好，成名在於她的眼睛，電力至少千萬瓦特。」方龍驤乃小麗的忠實歌迷，不同意過來人的說法，力挺小麗的歌唱得好，連得眼睛也會唱。「蕭思樓，你不能如此辱沒人！」老兄弟，你一言，我一語，吵將起來。一切以何大嫂馬首是瞻的何行，立場中立，不置一語。喂喂喂，不行呀，再吵下去，就會演出三本鐵公雞了。於是作曲家司徒明三哥起來做魯仲連：「老兄弟，勿要吵了，聽歌嘛，各有各說法，你們都對。」拿起酒杯，白蘭地一飲而盡：「老兄弟，我先乾為敬！」吵聲方止。

陳蘭麗還有一首歌《昨夜你對我一笑》，唱得蠻好。此曲乃周藍萍所寫，節奏輕快，滿溢深情，映霞喜歡，我隨她意。避風塘舟子裏，船娘奏曲，映霞素手餵魚乾，檀口輕吐——「昨夜你對我一笑　酒窩裏掀起情調　我變作一片落花　也隨着音波飄搖……」映霞，請告訴我，你如今飄搖到哪裏？六十年代末，我曾在旺角香港歌劇院遇到陳蘭麗，過來人沒說錯，小麗的眼睛真是瞇成一綫，歌唱時，情之所至，變成半綫，眼波流，半帶媚，男兒盡傾倒。今夜，跟台灣來客，破例共樽前，來客問：「你可記得有一個台灣女歌星叫陳蘭麗的？」怎會不記得？來客又問：「陳蘭麗的歌好嗎？」嘿，又回到方、蕭之爭，難回答。年紀老大，聽歌水準提高，小麗唱舊國語時代曲，中規中矩，水準比不上姚蘇蓉、趙曉君、楊小萍、鄧麗君。在香港，走紅程度遠不如她的師姊，倒是她那獨特的風貌，尤其是那對閤成一綫眼睛，吸引了不少公子哥兒寂寞的心，原因何在？聰明的你們，想想吧！

陳蘭麗自幼喜歡唱歌，年紀小小，就跑歌廳，少有名氣，未成大材。她的媽媽萬分溺愛她，不讓做家務。因此她是一個不合格的主婦。台灣歌壇流傳一個笑話，說陳蘭麗結婚了，身為人妻，當然要下廚烹飪，侍奉夫君，知道自己廚事不濟，取易捨難，早飯做簡單的煎荷包蛋。於是，開火，敲蛋，倒進平鍋煎。喲喲喲！糟糕！怎麼蛋黏住了，剷不起來？媽可煎得漂亮呀！為什麼我不行？關上火，急打電話向老媽求救：「媽呀！我是小麗！我在煎蛋，怎的劏……劏不起來了？」老媽聽得她氣急敗壞，知道女兒碰釘，問：「你怎麼煎的？」「我把蛋敲開，就倒進鍋裏，開火煎。」陳蘭麗回答。「那你可有落油？」老媽沒好氣地問。「什麼！煎蛋要落油的？」陳蘭麗訝然地問。天哪！煎蛋不落油，蛋不是黏底了！煎蛋不懂用油，那真是「廚盲」矣。咱們的小麗！真的是十指不沾陽春水呀！這故事，台灣小趙曾經對我說過，如今想起來，也忍不住笑。

回到家裏，聽小麗的成名作《葡萄成熟時》，湯尼（翁清溪）作的曲，很有劉家昌的味道，而蘭麗唱來，近乎尤雅的風格。歌當年在台灣十分紅火，陳蘭麗迅即走紅，被譽為「葡萄歌后」，盛極一時。葡萄甜中帶酸，這對陳蘭麗的追求者來說，千真萬確，吃不到的葡萄是酸的，許多歌迷都想親近陳蘭麗，每天跑到歌廊捧場，那些巨商富賈、海東逐夫，更是機心別具，花錢如流水，古人擲果盈車，今者投錢滿箱。陳蘭麗一場唱下來，樂台旁的錢箱，花綠綠，都是鈔票。

陳蘭麗本人倒不是不想結識異性朋友，只是她母親管得嚴，任何人想結交她女兒，必須先過她那關。如同其他星媽一樣，披沙淘金，沒錢的，推；沒學識的，推；沒風度的，推，推，推呀推，推走了所有的追求者，只有一個傻子不怕，他叫楊洋，是一個英俊明星，愚公移山，修成正果。楊洋曾經向人嘆苦經：「小麗易搞，岳母難弄。」

其實這種母親操控女兒生殺大權，在六、七十年代的港、台娛樂圈常見，台灣的鳳飛飛、鄧麗君，香港的陳寶珠、蕭芳芳、何莉莉、李菁，她們的母親都有如膏藥，貼身黏着女兒。問原因？回說：我不想女兒學壞。冠冕堂皇，其實是小心眼，怕女兒給人搶了，影響她們的生計。母親節歌頌母愛偉大？有時候，並不盡然。

●「葡萄歌后」陳蘭麗

第三輯

別出鬼才

香港漫畫天王黃玉郎

上世紀七、八十年代，在香港，一提起漫畫，沒人不識、沒人不曉黃玉郎。他的《小流氓》、《李小龍》、《龍虎門》、《醉拳》、《如來神掌》等漫畫，可真風靡了全香港，不獨兒童深深迷戀，成年人也趨之若鶩，人手一本，看個不亦樂乎。他的漫畫綫條剛強有力，處處洋溢着男兒氣概，遠比舊日漫畫吸引。可以說黃玉郎漫畫一出，餘皆辟易，漫畫江山給他拿去一大半。

我一向少看漫畫，知道有黃玉郎其人，是在一九八二年秋，我的同學鍾錦江邀我替他策劃一本娛樂刊物，類似《明報周刊》，每周出版一次，主要是報道明星、藝員動態，旁及其他有趣事物，副刊側重小說、雜文、影評、美容。鍾錦江腦筋靈活，提議發行時間要跟報紙相若，走在其他同類周刊之前，那就是廣東人所謂搶「頭啖湯」。

拍板決定出版周刊，是在鍾錦江灣仔道的天台屋，夜涼如水，半月斜照，燈影照窗，他拍拍坐在床沿底我的肩膊，萬分誠懇地說：「Tommy 桑，你一定要努力，千萬不要讓我這個老同學丟臉呀！否則我很難向老闆交代！」（他知我一向散漫放浪慣了。）握住他的手，我用力搖了兩搖，朗聲堅定說：「Gabriel 桑，你在我最落魄的時候，給我一個機會，我一定會努力，放心！」（我真有很努力過嗎？）

錦江的老闆就是黃玉郎，玉郎對出版很有興趣，除了定期漫畫，特意擴充出版部，出版娛樂刊物，包括《獵奇書》、《清新周刊》、《翡翠周刊》、《玉郎電視》、《生報》……在我接受這份差事之前（《翡翠周刊》總編輯），出版部已有性質相類的定期娛樂刊物《清新周刊》，那為什麼還要多出一本呢？這個嘛，跟黃玉郎的托辣斯政策有關，他說要更改市場常規，唯我獨尊。我聽了，不以為然，不過他是老闆唄，我能說些什麼？何況薪酬不壞，袋袋平安算唄！

黃玉郎個子不高，有魄力，兩撇小鬍子，更顯男子漢魅力。許多人不曾接觸過黃玉郎其人，都視他為暴發戶，趾高氣揚，不可一世。只是我見過的黃玉郎，全然不是這回事，暴發戶自私自利，只會為自己着想，可黃玉郎十分善待手下，跟他一起出道，孵在景隆街狹隘翳暗舊出版社的夥伴，每人每月都享有很豐厚的薪酬，生活無憂，黃玉郎還借錢給他們買房子，安居樂業。這樣的老闆，哪兒去找？鍾錦江的職銜是黃玉郎助理，一人之下萬人之上，權力大，薪酬豐，後來鍾錦江發了財，黃玉郎的助力自不小。

在我策劃《翡翠周刊》時，都是鍾錦江來問業務，黃玉郎從無干涉，他是一逕地花錢，務求把周刊做成翡翠那樣碧綠生光。皇天不負有心人，機會來了，《翡翠》真的發光了，晶瑩綠透。正當《翡翠》半黑不綠之際，遇上周潤發自殺了！大新聞呀，我們搶。其時，《翡翠》已上印刷機，我叫停，副總編輯張翼飛極力反對：「沈西城，稿件齊全要上機了，搞什麼鬼？何況還未取得老闆同意，這樣不大好吧！」我懶理他，一意孤行，煞停印刷，指揮小記四出搜集消息，然後自己伏案撰文，報道周潤發近日事蹟。待小記撲到消息回來，寫成報道，一同送廠，連夜開機印刷。翌日，《翡翠》跟《東方日報》同時上市。哈哈，圖文並茂，僅一個上午，就銷八萬份，發行來電要求加印，遵命如儀，加印二萬，不到一個小時，又售罄。總數十萬，追貼各大牌報章。

嗣後，《翡翠周刊》一直維持有七萬份的銷路，由一元加至兩元後，銷路略跌，也有四萬多，加上廣告，不用賠本，略有盈餘。可惜後來因種種原因，我只好離開玉郎機構。不多久，《翡翠》也停刊了。聽到消息，我到酒吧買醉，幾醉至不省人事，要勞朋友攙扶回家。像痛失兒子，苦楚如毒蛇般，在我身體裏爬行嚙咬，肝腸寸斷。（我要酒，給我酒呀！我醉了，因為我寂寞！）

今夜，和風細雨，天氣又冷起來，可我的心更冷。緬懷那段在玉郎機構的時光，確有值得回味的地方。至少在我心目中，黃玉郎是一個頂不錯的老闆，出身普羅階層，艱辛奮鬥，每月盈利千萬港幣（約一百三十萬美元），取得漫畫天王美譽，豈是吃素哉！今日的黃玉郎，屢經挫折，風光不再，絕不服輸，仍在苦苦拼搏。唷，這正是香港人獨有的獅子山下精神啊！

當年的《翡翠周刊》

黃玉郎畫的《小流氓》

才華橫溢話甘國亮

前年香港書展，偶遇甘國亮，互打招呼，道別後狀況，熱情洋溢，反比在TVB（無綫電視）共事時更融洽。依然打扮趨時，永遠走在潮流尖端，歲月臉上不留痕。說來，跟甘國亮合作拍攝《輪流傳》，是既愉快又不愉快的事兒。

此話怎講？愉快的是認識了一個才華橫溢、衷心熱愛長劇的監製，一日廿四小時，他消耗了雙倍（四十八小時）的精力，不眠不休，事事躬親。不愉快的是創作組同事給他的劇本，看過後全數退回，這裏不行，那兒不行。最後索性自己動手，創作組同寅呼天搶地叫慘，面目無光，自尊心全給劫殺，我夾在中間，給弄得團團轉。他一點不退，身上流露出來的不屈不撓、堅持到底的精神，教我敬佩。那天書展別過後，再也沒見，可每當看到那些不三不四、不成氣候的劇集，總會想起甘國亮。這裏不妨回憶一下拍攝《輪流傳》的過程吧！

《山水有相逢》為甘國亮在電視圈裏創下了萬兒，接踵而來的一套《執到寶》，更令人對他刮目相看。在電視圈裏，最欣賞甘國亮的就是 TVB 製作部門高層劉天賜，不止一次對我這樣說：「甘仔是一個優秀編劇人才，我們要好好發揮他的長處，為 TVB 爭光。」那年代，麗的電視步步進逼，壓得 TVB 透不過氣來，劉天賜直把甘國亮看作扶手棍。甘國亮監製的劇集，最突出的地方就是對白幽默、諷刺，往往三言兩語，就能把人物性格表達出來，這種功力不要說電視台裏絕無僅有，揆諸整個香港電影圈，亦不常見(可與比肩者，惟大導演李翰祥而已)。可能是這個原因吧，劉天賜下令要甘國亮開拍八十集長劇，這個長劇便是《輪流傳》。

《輪流傳》打破了香港電視界的一項紀錄，就是中途被迫腰斬。為什麼要腰斬呢？就不得不費一點筆墨，約略敘述一下七十年代末期電視圈的鬥爭現象。為了應付麗的排山倒海的攻勢，劉天賜要求甘國亮籌劃一個具獨特風格的長劇。

初步階段，由我負責故事，我把幾個故事概念跟甘國亮說了，他都打回票，說不大好。甘國亮的與眾不同，就是推翻你的說法，即能舉出他的意見，要拍懷舊故事，借幾個小人物起伏跌宕來表達時光的流轉，一聽，的確比我好，遂沒異議，劇名從甘國亮之議，就稱為《輪流傳》。是「傳」而非「轉」，許多人都搞錯了，讀作「轉」。管他「轉」，還是「傳」？最重要的還是劇集的內容精采與否，而非在乎於什麼劇名。喧騰一會後，就沒有人對劇名再加非議了。

說真的，跟甘國亮談劇集，是很吃力的一回事，他常常遲到，或者開會時，不見了人影，讓編劇們枯候或白等。是偷懶嗎？非也，他是去了看外景，設計佈景，談服裝……總之，事無大小，他都要管一管！人非鐵打的，如何支撐？於是有人這樣說：「甘仔，你以為你是亞洲鐵人楊傳廣嗎？」語帶諷刺，體現了不滿。經過兩個月的討論，大綱定好，可以動手寫劇本。五個創作組編劇輪流揮筆，不到一個星期，就有了五集劇本，交到甘國亮手上，讓他過目。吁了口氣，萬事俱定矣！

第二天，他匆匆找我，一見面便說：「阿沈，這幾個劇本不能用，太糟了，我要寫過它。」我聽了一驚，這五個編劇正是全台最好的編劇，他們的劇本甘大少認為不好，那我要往哪裏找去？甘國亮見我失魂落魄的模樣，安撫我道：「阿沈，莫要怕，包在我身上，我重寫！」（什麼？五集劇本管他一個人寫？）我呆呆地望着他，他向我展示了一個微笑。天哪！甘大少，《輪流傳》一共八十集，你能獨個兒包銷？編劇知悉此事，視為巨大侮辱，憤怒莫名，倡議罷寫。我忙打圓場，將怒焰壓下。我明白甘國亮要重寫劇本，並非為針對創作組，而是要拍好劇集，應對麗的節目總監麥當雄的攻勢。《輪流傳》就在這種互相矛盾、不和的情況底下，拍了二十來集。推出後，並無得到預期的好評。相反，對台的《大地恩情》一開始，就憑煽情的劇力，把《輪流傳》打個半死。無綫高層經商議，只好腰斬，可這並不損甘國亮的才華，至少在我眼裏，他仍是電視圈裏最優秀的編劇家。

關於《輪流傳》被腰斬一事，甘國亮其後有這樣的解釋，二〇〇六年十月十四日甘國亮在專欄中表示：「其實《輪流傳》並未被《大地恩情》打敗，只是當時無綫已預售半年後廣告，並向廣告客戶提出大幅加價，『既然要加價（預售半年的廣告）今日的表現自然變得相當重要，不容半步差池，結果出了問題，廣告商還能接受這個加價嗎？』」這是甘國亮的說法。若干年後，劉天賜告訴我最主要是：「甘先生要求太高，要求搭景拍攝，既耗時又昂貴，拍攝進度追不上，被迫腰斬。」兩者說法各異，小可不敢多言，看官自行定奪！

悼念鬼馬超人林超榮

離開龍華酒家錄影室，我倆走在碎石路上，月暗星稀，夜風微寒，我打了個哆嗦。凹凸不平的路不好走，他伸出手拖住我一步步走：「小心，別摔倒，年紀大，不能跌啊！」我病腿，生怕跌，一步一驚心，好不容易走過那段小路，來到停車場，我有點擔心，怕節目《讀贏》做得不好，開不好個頭。他拍拍我肩膊，帶着笑：「你做的節目，怎會不好呢？我要跟你學習呀！」這馬屁拍得我好寫意，走到路口，攔了車，握手告別。車向前行，回首，看到他還在向我揮手，想不到那是跟他最後一次的相會。今天（十二月十二日），吳思遠轉來編劇家協會發出的噩耗，他走了，啥病？急性血癌，化療時感染病毒，終至藥石無靈，忍心地與我們訣別。我無言也無淚，有點無所適從。很難相信是事實，卻偏偏是，其奈之何！

一七年，我出版新書《舊日煙雲》，出版人吳思遠提議搞個發佈會以壯聲勢，要一個司儀，誰好呢？我無主意，解鈴還須繫鈴人，當然由吳思遠解決，當機立斷，找他！是誰？就是文首伴我行的他——鬼馬超人林超榮。行嗎？我不禁狐疑。「包在我身上！」吳思遠拍起胸膛，一力擔承。發佈會那天，超人果真來了，我握他手聊致謝意。他鬼馬一笑：「會長有令，焉敢不從！」「那麼我叫你來就不來了？」我氣他。「不不不，你叫我——」擠眉弄眼：「我坐穿梭機報到，哈哈哈！」就是這樣一個愛開玩笑的傢伙，是眾人的開心果。

發佈會結束後，我再向他道謝。他瞧住我道：「不必了，下回你乾脆自己做好了，你說的比我多，比我好！」媽呀！不要這樣擠兌我，好不好？我羞得無地自容。老弟，你可是香港數一數的金牌司儀呀！超人伸了一舌頭，扮個鬼臉：「那麼大的誇獎，我受不起呀！」一撩蓬鬆的頭髮，轉身頭也不回開步走。吳思遠跑過去攔住他，給他紅包，雙手擋架：「會長，不用了，我們這麼熟！」吳思遠從不欠人情，只有人欠他，推不掉，無奈地收下。豁達大方，不貪婪，圈中罕有。

認識超人有一段日子，至今還忘不了當日的初遇，就像初戀，永記心中。那天，天下微雨，我坐上地鐵，過了幾個站，突然有一群人闖進來，其中有一個頭髮蓬鬆、身形微胖、個子不高的中年男子，不斷地打量着我，我也覺得有點面熟陌生，正在這時候，對方開腔了：「你是不是沈西城？」我點點頭：「你……你是超人？」就是香港電台某節目裏面那個專門扮鬼扮馬的林超榮。那時候，該節目非常紅火，超人跟另一主持人挖空心思，專事諷刺高官，極盡刁難刻薄之能事。收視率高，影響力大，官員們被刺得焦頭爛額，恨得牙癢癢，千方百計向電台施壓，要停止這檔節目。萬幸有心人力保，千支利箭給一一擋了回去。他們變本加厲，索性直接扮演高官來，你一刀我一劍，刺得對方火氣也冒了，哇哇尖叫。無奈未幾，風雲驟變，港台換人，撤去節目，超人失去一個可以盡情發揮的地盤。

超人之死，聽說是因急性血癌，這病非常唬人，幾乎無藥可救。我的同學三年前患上這個病，在私家醫院花了八百萬醫治，一個星期化療兩次。療後，全身酸痛，嘔吐不止，惟不能停藥，不然沒命。長月未見療效，求救公立醫院。專家一查，眉頭豎起，告以先前療法欠穩妥，改用新法，僅能保命兩年。如今已近年半，換言之，只剩六個月的壽命。

十二月十一日，編劇家協會發通告云——「昨晚收到蕃茄（編劇家協會會長）急call，（我們祖哥、紀陶、張偉雄、黎文卓）趕到醫院，超人已陷昏迷，是急性血癌，發病只一個月，做化療後全身氣管因感染病毒而衰竭，醫生話一兩天內離去，囑親友任何時候速到醫院見最後一面。」超人師傅黎文卓十一日夜到醫院探望林超榮，說當時他腎和肝的功能已經完全衰竭，要靠呼吸機及心臟機保持心臟跳動。十二月十二日中午，超人已等不及親朋戚友，閉上眼睛，悄悄地走了。他的爽朗笑容、逗笑的幽默感，仍然留在我眼裏和心中……忘不了忘不了，忘不了你的笑，也忘不了你的義，老朋友！

香港影視圈兩個有趣人物

導演林德祿是一個很靦腆的人，以前說話不多，隔了一段時日重晤，仍復如是。相互品茗，你說一句，他答半句，聊天很乏味。朋友說祿叔不懂得應付老闆，一講到劇情、片酬，經常不知所措。此時也，往往問計於他的好友吳思遠。吳思遠人善，不厭其詳，循循善誘，為祿叔排難解紛，屢見其功，可以說吳思遠就是祿叔的諸葛亮。

怕見老闆，不懂對付，這種性格在電影圈，非常吃虧，有個時期祿叔淡出了電影圈，轉行股票買賣，吳思遠送佛送到西，說一不二，幫襯買股票。可桐油埕裝的是桐油（本性不改），過了一段時期，髀肉復生，祿叔又回到了電影圈，得到黃百鳴、古天樂的資助，十年前拍了《Z風暴》，賣座不俗，於是又有了《S風暴》，滿以為會扶搖直上，卻又陷在泥淖裏，不上不落。祿叔是個有良知的好導演，只是膽子小，略欠運氣，未能成為一綫賣座導演。

認識林德祿，是我在無綫電視台（TVB）的時候。有一天，香港電台電視部搖了個電話給我，表示祿叔要找我談談。談什麼呢？滿腹狐疑，飛步撲到港台餐廳，祿叔已坐在角落佇候。開門見山，說要拍一部有關歡場生涯，卻又不是掛羊頭賣狗肉的電影，說穿了，就是格局要較高。了無經驗，望我能成為他的舞海明燈。一拍胸，當夜帶了祿叔去探兩家舞廳取經。一間是格局甚小、褪色的小舞廳，瀰漫着頹廢氛圍；另一間是當年的銷金窩，小姐萬千，富麗堂皇，場面喧鬧。坐下以後，一向木訥的祿叔竟然了無懼意，鼻子聞着香水味，眼睛看着性感舞衣，細心地觀察場內的職員和舞客，向住坐在身邊的小姐不停地打探上班情況，然後將訪問所得，一一記進記事簿裏。

這就引起了小姐的疑心，偷偷拉我往一邊，低聲問：「湯美，他是不是執法人員，來套料？」險些把我笑死，我說：你看他樣子像警察嗎？那麼他是誰？我拉長聲音回答：「導——演。我們要拍舞廳的電影，特意來拜候你們！」

小姐們一聽，都樂開了花，爭相黏着祿叔，吱吱喳喳說個不停。其中一個叫文君的，死纏爛打拉着我不放，要我向祿叔說項，客串做一個角色。這部電影後來拍成了，便是《應召女郎一九八八》。

電視台裏，有趣的人物並不少。對粵語流行曲有興趣的朋友，一定會知道鄧偉雄。「湖海洗我胸襟，河山飄我影蹤，雲彩揮去卻不去，贏得一身清風，塵沾不上心間，情牽不到此心中，來得安去也寫意，人生休說苦痛……」《楚留香》一曲的美詞麗藻便是出自他手。鄧偉雄面孔胖嘟嘟，嘴角有顆痣，加上不苟言笑，長相威武，性格嘛，並不好惹。阿Dee的岳丈大人是大儒饒宗頤教授，耳濡目染，對古文頗有研究，詩詞歌賦外，對法家鑽研甚深，蘇秦、張儀合縱連橫之術，運用得出神入化，電視台人事複雜，幾許風雨，阿Dee身居高位，屹立不倒，豈是易哉？

鄧偉雄除了填詞外，還懂得鑑賞古董、字畫，喜將心得寫成文章，刊於報端以啟後學，尋且成書出版。銷路何如？出版社亦曾再版、三版，足證阿 Dee 傑作有一定捧場客。在電視台工作的人，通常有如下兩個嗜好：醇酒、美人，小弟也不能免。可鄧偉雄對此全無所好，不過若是朋友作東，也會偶然湊一腳。如果要自掏腰包，拱手作揖，打道回家去也。有人以為鄧偉雄太過吝嗇，一毛不拔，則錯之極矣！他有自己的消費之道，而且花得比醇酒美人更厲害。消費什麼呢？好好聽着！他喜歡搜集古董、字畫，明、清真跡，價錢怎麼貴，只要喜歡，眉頭不皺一下就買下來，這筆款項足可抵銷數趟夜遊之資。

他喜歡張大千的字，有一年，託我覓《大成》雜誌創辦人沈葦窗居士求張大千寫個「福」字給他。莫名土地堂，問為何不求大千的畫？哈哈大笑道：「畫太多了，字不多！」物以罕為貴，阿 Dee 門檻精得九十六（精明到底）。大概腰中錢多花在字、畫上，身邊往往缺頭寸。有人不懂好歹，詐他請喝茶，他問原委？答曰：「你是老大嘛！」阿 Dee 連連點頭。以為奸計得售。他老大哥笑容滿面說：「好吧，改天我請！」

導演林德祿

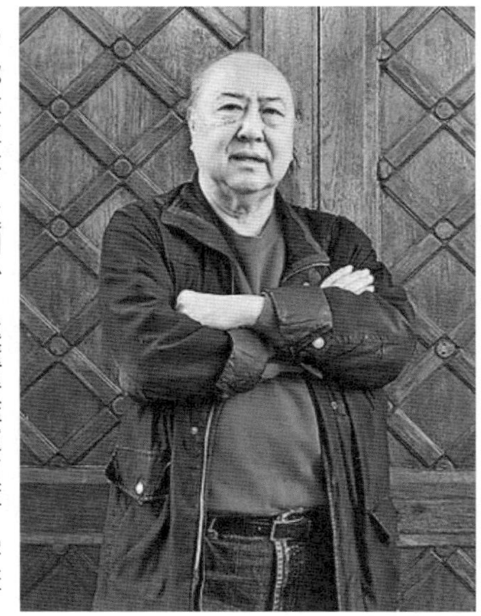

鄧偉雄除了填詞外，還懂得鑑賞古董、字畫。

曾令我尷尬的施南生

香港女強人當中，除了邵氏的方逸華，我認識的尚有好幾位，施南生就是其中之一。認識施南生是許久許久以前的事了，若然記憶不出岔子，大約是在一九七八年吧！那時候，我醉心日本推理小說，翻譯了一些來出版，不意，帶起了市面上推理熱潮，不少傳媒誤以為我是日本推理小說專家，爭相訪問，無知小子登大雅，飄飄然、暈陀陀。

某日，我在家中接到一個電話，是朋友L君打來的，說：「沈西城，香港電台要找你做一個有關推理小說的訪問，你有時間嗎？」那時找我訪問的人，少之又少，有此機會，焉會推搪，沒問清楚，就答應了。約定那天，穿上便服，驅車往香港電台。主持施南生一見我就皺了眉：「沈西城呀，怎麼穿成這個樣子？我們要拍電視的呀！」啨啨啨！我以為是電台訪談呢！便服不隆重，勝在飄逸，飄逸一下，不礙事吧！人說施南生氣質高雅，不同一般女性，沒錯，我在佳藝電視台初遇她時，早已驚艷。（徐克真幸福！）

施南生對我笑了笑，輕聲問：「沈先生，你準備好了沒有？」我說沒問題，日本推理小說，我早已滾瓜爛熟，隨口滔滔而出，直可扣人心弦。施南生很高興，跟我對了一次稿，就 Roll 機。我神色自若，看着攝影機，等待施南生的訪問。迨她一開口，我的鎮定立即消失殆盡。啥回事？原來施南生所做的是英語訪問，流利的英語教我汗顏。說良心話，離開學校，我已不大說英語，說起來滿嘴螺絲。最後還賴施女士關機，惡補一小時，方能勉強過關。離開港台時，早已是汗流浹背，腳步踉蹌。

往事了矣，回到現在。那天在螢幕上看到施南生，素裙曳地，氣傲白菊，清華之氣撲面來。咦！那不是王語嫣是誰？定睛看靠邊站的徐大俠，風霜雖添，堅毅之色不變，分手的夫妻，站在台上，心靈互通，相襯無比，世上原來真有身離心仍在這回事。一對拍檔，在舞台上接受東方不敗林青霞的香港電影金像獎終身成就獎頒獎，三人同台笑盈盈，時光回轉，我又走入《笑傲江湖》的世界……直至如雷的掌聲才把我從夢幻中拖回現實。金庸生前不滿徐克改編《笑傲江湖》，很有微言，我說：「查先生，他改得真不錯。」─《滄海一聲笑》，拍出了激昂慷慨、唱出了悲憤狂傲，大俠令狐冲穿幕而出，那種氣勢、迫力，捨徐克其誰？掌聲中，鐵三角施南生、徐克、林青霞帶着榮譽，鞠躬隱去，我也關上了電視。

男女事，緣盡應放手，牽絲攀藤，糾纏不休，何苦來由！施、徐離婚，保持聯繫，事業上相互幫襯，不存齟齬芥蒂，銀色圈子中不多，勉強言之，怕僅有我們的「四哥」謝賢。有人說徐克的成功靠施南生，這話說對一半，若然徐克本身無才，又如何能成功？南生的相助，自是如虎添翼，事半功倍。由是想到了自己，沈西城數十載以來未能成功，就是身邊少了一個像南生姐那樣的女伴。我的女伴大多十字不識橫畫，不好看書，麻雀、鈔票一把抓，又何能臂助我事業？罷了，罷了！羨慕不得徐老克。

走筆至此，想起了跟施南生曾有過一段不大愉快的經歷。八十年代初，我是《翡翠周刊》老總，操生殺大權，手下有三名女記者，年輕有為，遊走銀圈，發掘新聞。某日掘得一段新聞講述施南生、徐克，看過，無大問題，發表。豈料一個星期後，編輯部收到律師信，拆開一看，原來施南生不滿報道，要求訂正並作公開道歉。生平最怕打官司，於是託了不少圈中朋友緩頰，結果大事化小，小事化無。從此對施南生有了些少芥蒂。我們是相識的，大可以打電話來詰問，何必勞動律師，教我吃了老闆牌頭（責罵）。朋友勸說：「你不了解南生，鬼妹仔（洋人）脾氣，公事公辦！」咋聽，有道理！氣消了！

現在，徐克的身邊人是一個嬌小玲瓏、聰明伶俐的女助理，熱情誠懇，爽朗健談。前年，相隔二三十年，重逢徐大俠於香港，聊起七十年代末，在尖沙咀寶勒巷喬家柵吃五香牛肉麵宵夜，忘記了沒？笑答：「哪會忘記！」女助理的媽媽是台灣唯一的德語教授，淡掃蛾眉，清雅樸素，一杯清茶，閒談片刻，不忍遽離，學識之淵博，言語之風趣，清茶一杯又一杯。臨別，女助理請我有空去台灣作客，說她家有個不大不小的後院，滿種花，春植芍藥，佐以紫蘭、土萱；夏以劍蘭、波斯菊為主，輔以茉莉、杜若；秋以菊為主，秋葵、秋海棠佐之；冬水仙為神，長春次之。四季種花，忙個不休，亦可遣日耳。聽花已索得花香，心動，惜病腿，有負雅意。

董夢妮與《香港周刊》

一九七九年某月，我在TVB創作組工作，某天挨近傍晚，接到一個陌生男人電話：「我是董夢妮——阿夢！」有點不敢相信，跟阿夢素無往來，找我幹嗎？阿夢的語調帶點沙啞：「我想請你寫稿，你可願意？」有稿費賺，當然好，也得問所需。接着往下說：「今天晚上有沒有空？我想請你在新都城二樓吃飯，好不好？咱們見面聊！」問得直爽，答得痛快，便說「好」。可我們沒見過面呀！阿夢笑起來：「問題不大，你上來找李先生好了！」晚上七點鐘，我跟一位同事，一道去了新都城。在二樓角落的一張圓桌上，看到兩位穿着挺括西裝的青年紳士，旁邊還有一位非常漂亮的 Fair lady。我走過去，還未開腔，其中一位穿着灰色西裝，一身瀟灑的男士已站起來，伸手一握，客氣地說道：「我是阿夢，你是沈西城？」我點點頭，臉上立是浮現起錯愕的神情：「原來你這麼年輕呀！」跟着替我介紹了身邊的那位先生：「我的 partner，柯先生。」我坐了下來，柯先生替我倒了杯白蘭地：「沈先生，我跟阿夢合辦了一個周刊叫做《香港周刊》，你看過沒？」我回道：「聽說過，未看過。」阿夢點點頭：「沈兄，你真坦白，我喜歡同坦白的人交朋友。」接着從公文袋裏面拿出一本剛出版的《香港周刊》，雙手遞到我面前：「請沈兄指教！」匆匆看完三、兩頁：「夢兄，你不是一向在《明周》的嗎？」我有點狐疑。阿夢張手托了一下大半跌在鼻梁上的眼鏡，有些感觸：「是呀！不過——在一間公司躭得久了，沒啥意思，都不如出來闖一闖！搞一點生意，賺蝕都是自己的，對嗎？」「坡叔不介意嗎？」我想到他是雷坡（《明周》老總）的得力助手，有點兒擔心。「怕會有些不高興——」淡淡地回說：「可他應該體諒我的苦衷！」「我支持阿夢！」坐在他身邊那位 Fair lady，新晉歌星麥潔文突然說話了。我舉起酒杯：「祝你們成功！」轉臉向着麥潔文：「得靠你幫忙了！」麥潔文忙搖手：「我……我可不行！」（姑娘，客氣了！）阿夢接上口：「一份好的刊物，光靠編輯，那可不行，而是要作家們的鼎力幫忙。我們《香港周刊》網絡了全港精英，過來人、古龍……務求把它搞好。沈兄幫我們寫點日本東西吧！」什麼日本東西？「隨便你，新的東西便行！歌星、明星、模特兒都可以！」小菜上枱了，喝酒喝酒，起筷起筷！杯籌交錯，樂在其中。酒過數巡，菜進數碟，阿夢氣派來了，向我派定心丸：「我們稿費不會比《明周》少，而且會寄給你！希望早日收到你的大作！」於是拱手作別。

我真的把稿子交上《香周》編輯部。編輯部設在北角春秧街的一幢大廈裏。春秧街是一條菜市街，小販喧鬧，人馬沓雜，根本不適宜用作辦公室。大廈真簡陋得可以，走廊骯髒陰暗，電梯更是老太爺時代的產物，上升時，格勒有聲，降落時，搖擺不停，彷彿隨時會掉鍊子似的。我走進去，提心吊膽，只好合十懇求佛祖庇佑，千萬別墮下來。

本小人缺，《香周》要闖出萬兒，得靠手法。不妨看看阿夢的機靈戰術吧！初創遇 TVB 舉辦香港小姐選舉，重頭戲，萬萬不可怠慢。可阿夢得面對《明周》、

《清新》等各方強敵環伺，不敢怠慢，指揮手下四出撲新聞，甚至不惜駕駛自己的平治房車，跟蹤候選佳麗，覷準空隙，即衝前訪問。為求穩操勝券，爭取第一手資料，阿夢特別推薦幾位年輕貌美的女性報名參加香港小姐選舉，順利入圍。有「細妹臥底」，往往獲得獨家消息，在採訪上，佔盡優勢。其人之靈活，不僅於此。傅聲、甄妮鬧婚變，傳媒都在找傅聲，避而不見。阿夢靈機一觸，找到向華強，不就事半功倍了嗎？安排在新同樂酒家採訪，獨家新聞，《香周》不火才怪！

傅聲撞車身亡，阿夢一聽到消息，立即起床，駕車趕赴醫院，名為採訪，實則採訪，一石二鳥，又勝一仗，肯拼肯鑽，是阿夢成功的主要關鍵。很多人不明白為什麼阿夢要取過個女性化名字。一個冷夜，阿夢表心聲：「董夢妮是老婆的名字。寫藝員，起個比較女性化的筆名，會佔一點便宜。」臨別時，還堅稱一定要把《香周》辦得更好。不到兩個月，忽地離開，帶走幾片雲彩，另起爐灶創《城市周刊》，順勢把一手創辦的《香周》打個稀巴爛，從此一蹶不振。《城周》空前成功，阿夢團團做富翁，腰纏萬貫，享受退休，打高爾夫球自娛，世間事，再也不在他心中。

中文版《花花公子》興衰之謎

九十年代初某個中午，接到老朋友漫畫家馬龍打過來的電話：「沈老西，我是馬大窿，有空講幾句嗎？」「什麼事呀？」隨口問。「你現在寫稿，可有空時間？」「有什麼事嗎？」沉默了一會，聲音又響起來：「有興趣上班嗎？」提到上班，我身上起疙瘩，千辛萬苦才從TVB逃出來，甩開編劇不顧，就是不想有工作纏身。聽得我支吾漫應，馬龍說出因由：「這陣子，我去了《花花公子》當美術總監，編輯部暫時沒人管理，我好希望你能來，我們兩兄弟齊心合力做齣好戲，好不好？」略有遲疑，想推不易，何況有工資，加上稿費收入，生活會更美好，心旌搖動矣。那時，我已是職業作家，一日數千字，入息近兩萬，每天只消花下午三、四個鐘頭，就可以完成一日工作，黃昏日落，我已舉杯逍遙。在馬大窿的軟磨硬推底下，只好遵命如儀。

第二天，馬龍帶我去皇后大道東一棟商業大廈謁見錢國忠，他是報業大王羅斌的女婿，寧波人，很客氣，什麼都不說，只說：「沈先生，非常歡迎你加入Playboy，我沒有什麼要求，只求你有loyalty。」（我這個人什麼都有，只是不敢肯定有沒有loyalty。）正想說出來，看到隔壁的馬龍，怒目瞪着我，立刻吞了下去。我可不能教朋友難堪呀！接着，說了月薪若干。我一算，加起來，每月有近五萬元的進帳，九十年代已是上等收入，何樂而不為呢！

就這樣，我成為了《花花公子》中文版的編輯總監，銜頭不小，月薪二萬二，不算高，卻也對付得過去。編輯部有五、六位同事：Hilda姐、顧偉、鄧永耀、威廉梁、小趙……中文版《花花公子》，原來的老闆是大班鄭經翰，說服星系報業公司董事長胡仙女士重金取得中文版出版權。鄭經翰，潮州人，魄力忒大，他是香港第一個出版全彩色雜誌的出版家，同時也是首位將刊物改成全粉紙印刷的先驅者。

我在〈希夫納情迷夢露〉一文中，這樣寫——回說香港版《花花公子》，創刊者是鄭經翰，八六年十二月首版發刊即售罄，緣何如此好賣？在於封面寫真女郎是香港小姐鄭文雅（寫真由攝影名家 **Kevin Orpin** 攝於菲律賓孤島），長身玉立，慧俊婉轉，人人爭看，哄動全城。創刊號鄭大班恪守美國版傳統，裸女寫真外，還推出台灣著名女作家施叔青和南美名家馬基斯的小說；重點訪問，人物是星馬巨商莊清泉，一如希夫納，腰纏百萬，美女無數，正合《花花公子》一貫風格。嗣後，《花花公子》在鄭大班主政下，屢創佳績，尤以刊登葉子楣三點不露寫真，銷量逾十萬。鄭大班乘勝出擊，先後推出張曼玉、惠英紅的性感寫真。小紅在巴黎酒店的一輯黑色魚網絲襪寫真，讀者看得血脈賁張，萬萬想不到身手不凡的惠英紅也有妖冶艷麗的一面。九〇年《花花公子》轉售與林建名，聲勢大不如前，終至湮沒。

鄭經翰離開中文版《花花公子》後，另創《資本家》，後來有緣跟大班同事一公司，曾問過為什麼要放棄《花花公子》，笑着說：「沈西城，你要知道我拿到《資本家》的版權，其中一條規定，就是不能兼任《花花公子》。」很明顯對方要他改邪歸正（我則喜改正歸邪，哈哈！道不同，卻相為謀。）《資本家》，Q仔黎則奮掛帥，評論經濟，筆鋒如利刃，萬仞山崖也鑿碎，卻又輔以幽默雋永文章，讀者捧腹。問世後，大受歡迎。鄭大班真的是經營刊物的能手，正邪通吃，旁人難攖其鋒。再說！易主後的《花花公子》起用錢國忠出任社長，作風跟鄭大班大不相同，國忠寧波人，算盤最精，捨不得花錢，請女人拍寫真，最高出價十萬，甚至叮囑我：「最好能壓在五萬樓下」。

唉！這樣的價錢，怎麼會找到著名女明星，只好想方設法。為了雜誌，我動用了一切可用力量，請到亞洲小姐邱月清、性感艷星陳蓓琪、超級肉彈秦虹……拍攝寫真，效果不錯，雖然風頭不如鄭大班時代，讀者仍然大力捧場。至於小說方面，我也請到名作家寫短篇科幻小說，美術方面，匠心獨運，別出一格，得大畫家黃錦江拔刀相助，藝術水平高於一般雜誌，銷路維持，自問對得起老闆有餘，可高層還是不滿。那一年年底，大少名過來查數，一看帳簿，整個人跳起來，感慨地問：「沈先生，為什麼會賠這麼多錢？足足好幾十萬！」（我是編輯，緣何知道？）月刊一月一期，《花花公子》有Martin Crinch大廣告公司代理廣告，囊括香煙、名酒、汽車、化妝品品牌，每月收入穩定，而我們一等工作人員的工資，一直低於市場水平，就算虧本，也不致虧得如此慘烈，內裏有什麼乾坤？怕也只有錢社長、徐經理方知道！

我幹了大約一年，實在挨不下去，就跟馬龍一起離開了。《花花公子》由劉凌風、劉乃濟昆仲接手，做不了多少時候，關門大吉。風吹雨打，日月如梭，《花花公子》的同事，錢國忠、劉凌風、劉乃濟、顧偉、林建名已離世；馬龍做了出版社老闆，梁偉移居加拿大，黃錦江美國寓公，鄧永耀隱居美孚，小趙、Hilda姐不知所終。人生便是這樣，聚聚散散，相逢一醉是前緣，風雨散，飄然何處？到後來，自己也離去。

● 香港版《花花公子》創刊號，封面寫真女郎是香港小姐鄭文雅

黃土埋白骨，淒風送芳魂——記昔日名模

四月廿四日下午二時零四分，接到依達打珠海捎來的訊息：「你知道前輩時裝界的文麗賢Judy Man？她也拜拜了。」我乍一驚，回訊問何時的事？「剛剛（鄧）達智告訴我。」「什麼病呀？」「她大腸癌發現得太遲了。擴散到肝，就很快走的。簡而清亦是。我知道她住在Park Island。我許多年未見她了。最後一次見她，是跟簡而清到她巴黎的家去訪她。那時她仍是徐太（徐亨的媳婦），幾十年前了！」死訊本不可輕易信，既是傳自文麗賢的知己時裝設計師鄧達智，那就絕對假不了。

聽了很傷感，我從沒見過文麗

賢，卻是很熟的朋友。此話怎講？這當要多謝 Facebook 了，我們是 Facebook 上的朋友，一年前開始通訊，談文論藝，志趣相近。她年紀跟我相差不遠，樣貌保持得相當好，清麗韶秀而近禪，鈴木大拙所說的深雅，大抵相近。作家上官寶倫說她真像一個不食人間煙火的女人，我看她的照片，清清麗麗，深谷幽蘭，活像仙女，哪有一點兒像古稀之年？在香港時裝界裏面，很難找一個跟她氣質相近的模特兒。第一次看到她的照片，總覺得很像一個人，是誰呢？抓耳撓腮，總是想不來。偶然看到鄧達智的描述，想起來了，不是像神秘女郎嘉寶嗎？她就是香港嘉寶。女人漂亮不是最致命的武器，世上漂亮的女人多的是，可清冷孤寂集於一身，萬中無一。

看她在 Facebook 上的照片，每每醞釀着這樣的氣味，若無其事的流露，絕不經意的散發，男人怎能不徬徨入迷，靈魂飛上九重天。

文麗賢兩年前患上大腸癌，彌留時，癌細胞已擴散至肺、肝，情況嚴重，華佗難救。鄧達智說她是罕見的抗癌英雌，廿年前患上乳癌得癒，廿年後，終被癌魔褫去寶貴性命，跟這個世界說再會。過去一年，在 Facebook 上，常看到她跟好朋友歡敘的照片，笑靨可人，春風拂面，哪像是患重病的人？真是一個樂觀的病人。日本作家上林曉寫過一篇文章〈樂觀的病人〉，述說自己怎麼把疾病當成了樂趣，文麗賢大概是上林曉的信徒。鄧達智也曾患過癌，前後兩次，都給他以無比樂觀的信心一一挫敗。我跟鄧達智並不熟悉，只在一趟試菜席遇到過，除了設計時裝，還一手發掘曾灶財，大膽地把他的書法融入時裝，成為香港品牌。後來寫文章了，跟我是某報副刊的同文。他的文章，初看時，實在無法看下去。過了一段時日，無意看到，猛然吃了一驚，文句銜接有氣，敘事條理分明，簡直接胎換骨，判若兩人，自此香港報界又多了一個作家。

我真正認識的模特兒只有兩位，便是劉娟娟和陳幗儀，都是七十年代香港首屈一指的名模，全託世兄葉大偉之介而識荊。七五年 TDC 舉辦時裝節，《大任》周刊想做一個特輯，老總孫寶毅把任務交與我手，我帶着同事小朱跑上康樂大廈 TDC 辦公室，接待我的便是大偉和傅敬德。大偉卅多歲，英姿勃勃，聽得來意，大表贊同。四個人到樓下美心咖啡室商議特輯程序，我建議拍模特兒穿上香港時裝的照片，敬德皺眉：「這有點難，老兄你要知道香港模特兒身驕肉貴，沒錢的事，不知肯不肯幹？」大偉立即說：「不怕，包在我身上！」一挺胸膛，胖嘟嘟臉上現出一絲自信。

果然找來陳幗儀和劉娟娟幫忙，小朱拍了一輯彩照，刊在《大任》，那期銷路大增。陳、劉乃當年香港最紅的模特兒，白馥馥香肌，纖柔柔柳腰，庸脂俗粉豈可及。我不住稱謝，敬德微帶妒意道：「你以為是他本事嗎？嘿！」話中有意，追問，回說：「他女友也是名模呢！」原來那時大偉正跟許珊談戀愛，朝中有人好做官，難怪有如此能耐。再說劉娟娟，台灣美人，身高五呎九吋，訪問她，五呎八吋的我，真有一種自卑感呀！娟娟半嗔半嬌對我說：「沒事沒事，我不穿高踭鞋便是！」即便這樣，我還是覺得她比我略高。劉娟娟，唉了一聲：「你這個弟弟呀，要命！」做了弟弟，壓力沒有了，訪問就非常順溜。訪問些什麼內容？事隔數十年，早忘得一乾二淨，然而，她綽約醉人的風姿，優雅得體的談吐，教我難忘。說起來，台灣女性，七十年代是我們香港男性的神，銀牙暗咬，星眼流波，怎生消受得了，且多能承受男人的苦，張美瑤、湯蘭花、冉肖玲……誰無吃過丈夫的苦頭？劉娟娟的婚姻不如意，在台灣，平常得緊。

陳幗儀（Tina Viola），我前後訪問過兩次，一趟載在《大任》，第二篇是應《明報周刊》老總雷坡之邀，寫了訪問，筆名白蘆。文章最突出的地方，是陳幗儀的一張艷照，黑眼睛珠，粉頸藕臂，背坐沙灘岩石，雙足弄水，配以偎紅樓主的四字說明——「尋潦入洞」，天下男士，豈能不折腰！Tina 婚姻也不美滿，美麗的女人永遠難在愛情路上採得香蜜，劉娟娟、陳幗儀、文麗賢先後逝去，黃土埋白骨，淒風送芳魂。我無言又無語，你們呢？

她是誰？金像獎帶給我憂鬱

清麗韶秀、幽蘭懷馨的年輕女人，坐在我旁邊，雙手交疊放在膝蓋上，鳳眼凝視着我不住搓手。忍不住了，出言說：「沈先生，不用這樣緊張，放鬆一些，能否得獎？全賴天意。」軟軟的語調，像一服清涼劑，蕩滌了我奔騰的情緒，頓時輕鬆起來。對呀，何必緊張？是你的，便是你的，不是，緊張也無用，何必自傷？向住她，點了點頭，表示謝意，她春風似地笑了笑，那樣的輕柔，那樣的熨貼。剎那間，得獎與否？對我已是無關宏旨，平靜地挨在座椅上靜待結果。

那是八八年四月十日的晚上，第

七屆香港電影金像獎在演藝學院禮堂舉行。我僥倖憑《龍虎風雲》得了最佳編劇提名，圈內朋友不知是尋我開心，還是對我有點兒看好，總認為我有些微機會奪獎。不少朋友說我是第一趟為電影編劇，這是美麗的誤會，他們眼中的浪蕩兒，其實早前已編了好幾個劇本，華山的《鹿鼎記》、張森的《老襯當旺》、王晶的《鬥惡》（未拍成電影），早不能算是什麼小毛頭，卻尚未修成正果。不上不落，卡在中間，當然沒什麼人會留意我，能獲提名，主要還是沾了前衛導演林嶺東的光。《龍虎風雲》的特技導演朱繼生說過：「阿東是少數導演能把劇本拍好。」這一來，我奪獎的機會相應提高。（哈哈哈！）我打從心裏笑起來。本已平復的心情又盪起來。

頒獎項目，一個一個地挨着，我雙手滲汗，額角生涼。一路等至司儀說出最佳編劇提名者的名單，我氣息屏住了，雙手按胸，心卜卜地急速跳動。（喂喂喂！別跳了！）索性閉上眼睛，用耳朵去聽，耳邊傳來司儀肥肥（沈殿霞）的聲音，那三個字——「羅——啟——銳」利箭似的刺在我胸膛上，一箭穿心，我癱瘓在座椅上。如雷的掌聲，我不聞，默然不動。為什麼不是我——沈西城？《龍虎風雲》，我花了一整年的心血噢！好幾百個不眠不休的夜晚，換不來林嶺東（他獲頒最佳導演獎）台上的一句多謝，他感謝了跟《龍虎風雲》無關的人物，有意無意地漏掉了至關重要的我。我幾乎淌下淚。旁邊優雅的女人又安慰我了：「沈西城，不要介懷，下一回吧！」

哈，說得多好聽，哪有下一回！打八八年至今，卅六個歲月流過了，我卻不再獲提名，也沒有作品參與金像獎，大江東去永不回，機會一瞬即逝。想想那一屆（第七屆）最佳編劇名單，可謂陣容鼎盛，有已成國際大導演的王家衛、天才演員甘國亮、婦唱夫隨的羅啟銳、江湖大哥南燕，能跟他們同台爭拚，此生無憾。五名提名者，當以王家衛如今最得意，龍吟虎嘯，一飛沖天，名聲播世界。近日，一齣《繁花》，上海黃河路上，滿是打卡人，肩摩轂擊，擁擠不堪。甘國亮以小品名傳香江，羅啟銳、南燕英年早逝，而我，一根禿筆，聊以温飽。各有因由莫羨人，知足常樂。

中夜散會，我獨自沿駱克道東行，街角有酒吧，霓虹燈照眼，是情色的誘惑，我一頭撞了進去，對住媽媽桑，朗聲喊：「給我雙份 Scotch on the rock！」「幹嘛？失戀，受刺激了？」很快，妖媚的媽媽桑把雙份的Scotch on the rock放在我手上：「喝吧，不過癮，我請你！」（媽媽桑，你真豪爽，我喜歡你！）憋在肚子裏，沒說出來。舉起杯來作鯨飲，一飲而盡。再來一杯，再來一杯，苦的美酒，數巡之後，腳步浮了，蹣跚踉蹌，媽媽桑，手急眼快，一把扶住。「讓我跌吧！」我叫囂起來：「今夜不醉無歸！」「你——早已醉了！」媽媽桑在耳邊輕輕吹。推門望月，月兒笑我痴，雙眼朦朧，前路盡是霧，吾家在何處？

轉眼卅六年了，家衛在上海，國亮加、港兩邊跑，我獨守香江，命運各不同。今夜，月暗星稀，和風不再，什麼都不想，只想喝酒。本屆金像獎，梁朝偉第六趟膺影帝，有人鼓掌喝采，也有混蛋鳴不平，以為他不該再拿影帝，理應讓給後進。此言出諸一般論者，那也算了，只是言者居然有導演、文化人，齊來軋一腳，不知是何道理？甚而有人建議梁朝偉仿效張國榮、譚詠麟，不再拿獎。乍看，理正詞嚴，洶洶有聲，卻是難掩膚淺。要知梁朝偉從沒要求大會頒獎與他，可你要給，我咋的推拒？沒道理呀！比賽有優劣之分，勝者為王，以游泳論，總不能要何詩蓓不參加比賽，將金牌禮讓歐鎧淳吧！

聽到這樣的理論，滿肚子是氣，思緒不由得有點凌亂，天哪，居然一直沒有把那夜坐在我身邊，鼓勵、安撫我的好女人名字說出來，她是誰？就是玉女中的玉女、演員陳美琪，那夜一別，竟沒再晤，何日重相見，樽酒慰紅顏，我怎忘得了她！

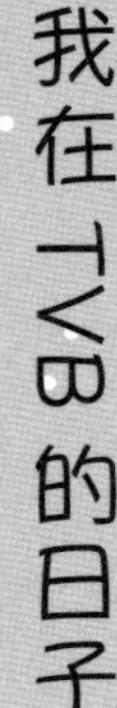

我在 TVB 的日子

我七九年由麗的轉職 TVB，隸屬創作組，職位是 Story-maker（故事撰述者）。不說不知道，我入電視圈，全憑劉天賜引薦。七八年夏、秋之間，苦熱天時，賜官找我喝咖啡消暑，紅人邀約，豈會是喝一杯咖啡如斯簡單？我這條愁困太古城的小魚兒，正待漁夫拋餌哩！果然，賜官看中了我翻譯日本推理小說，其中松本清張的《霧之旗》最為他所喜，因而託我幫忙構思一些犯罪故事，格調高一些，以別其他兩台的俗氣劇集。

東洋推理，跌宕懸疑，正好借來一用。恰巧我腦海裏存有幾宗香港奇情兇殺案，其中一樁是廣播道偉錦園舞小姐朱慧敏被殺事件。賜官一聽，大感興趣。愈談愈投契，於是說：「沈西城，不如來佳視幫忙吧！」就這樣，我投進電視圈的懷抱。那時候，六君子事件鬧得如火如荼，報紙娛樂版，每天大幅報道周梁淑怡等六君子進駐佳視，銳意跟無綫火拚。其時，我乃無業遊民，既然天上掉下餡餅，管他什麼餅，吃了再算。我在佳視氣吞牛斗地幹了兩個月，前後拍了兩集推理劇場，便是《繩結》和《睡新娘》，改編自松本清張和橫光利一小說。因政治關係，佳視不久關門大吉，我又成為失業浪人，妻子憂，女兒哭。本來佳視結業並不打緊，可憐的是松本清張送我的簽名本和合約本，也都充了公，那是咱的私產，你政府有啥權力侵吞？官字兩個口，啞子吃黃連，黃連苦到心。

我跟隨蕭笙叔投奔麗的，沒有怒海的浪濤，打了個漂亮白鴿轉，又平平安安，舒舒適適地回歸 TVB 賜官麾下，給扔進創作組，職位上仍舊是 Story-maker，工資比不上佳視，人浮於事，只好將就。創作組的頭領是鄧偉雄，綽號阿 Dee，身材碩朋無比，二百磅左右，殺氣嚴霜，領軍有方。他手下有三大幹將：王晶、梁建璋、陳翹英，專責策劃劇集，名劇如林，《上海灘》、《京華春夢》、《千王之王》都搶到很高的收視率，把麗的重重壓在腳下。三足鼎立，鋭不可擋，明面上，各展所長，相互獻技；暗地裏，摩拳擦掌，爭個明白。我因跟王晶性情相近，成為好拍檔，加上天林叔是爺叔輩，難免放縱我倆，壓力絕不低，一切求好。籌劃《京華春夢》劇本時，我跟王晶黃蓮煮甘蔗，不知道是早晨，不知道是黃昏，看不到天上的雲，見不到街邊的燈，熬了不知多少個晚上，方能大功告成。

《京華春夢》是第一部香港電視劇打進內地市場，直到今天，還有不少人提及。劇集紅火了汪明荃，阿姐之名響遍神州大地。阿Dee採放任政策，不多干涉，任憑各人自由發揮，推行以老帶新，重用胡沙（沙翁）、程潔茵（茵姐）。沙翁本是廣播界前輩，駕馭劇本，別有一功；茵姐素具「編劇聖手」美譽，兩人坐鎮，四平八穩，日夕耳提面命，循循善誘。一班年輕編劇潛力得以適當發揮，阿Dee安居平五路，樂得逍遙。

我在TVB一共做了四部劇集：《名劍風流》、《京華春夢》、《紅顏》和《六脈神劍》，其中，《京華春夢》最為人知，可在我，只覺得它是盲打胡撞，碰巧了。

我喜歡的是《紅顏》，黃淑儀、黃日華、謝賢合演，青年癡迷富豪情婦，廿集故事全出自我杜撰，頗有點兒夫子自道。唷，差點兒忘掉了《上海灘》，我幫閒，卻出了大氣力。八〇年，招振強準備開拍一部以上海灘為背景的民初劇集，策劃一職落在陳翹英身上，他立即想起《江湖龍虎鬥》，這是我們同窗年代看過的一部法國電影，阿倫狄龍、尚保羅貝蒙多合演。電影寫一對兄弟的恩義情仇，可共患難，卻不能共富貴，人性的善與惡，給描寫得淋漓盡致，看後難忘，翹英就想到把它改編成劇集，搬上熒幕。可翹英是廣東人，對上海灘不熟悉，就商諸我這個老同學，我介紹他好好看章君穀撰述的《杜月笙傳》，這是一本最詳盡記述上海三大亨杜月笙、黃金榮、張嘯林在上海灘翻江倒浪傳奇的書，看了它，便知道上海灘是啥。

翹英如獲至寶，捧讀達旦，很快寫出了每集的故事，提到卡士，我倆不約而同想到了周潤發，正是香港阿倫狄龍，至於另一男角，我起初提議起用「賓士雄」許紹雄，外形酷似尚保羅貝蒙多，不帥，極具性格。看他那傻乎乎的樣兒，不是尚保羅貝蒙多是誰？後來不知怎的，角色換上呂良偉。呂良偉太俊，一點不像貝蒙多，兩名俊男放在一起，沒有了對比，火花就弱了，四十二年後的今日，我仍舊為許紹雄叫屈。

《上海灘》是TVB有史以最膾炙人口的劇集，主題曲《上海灘》，「浪奔，浪流，萬里滔滔江水永不休。淘盡了，世間事，混作滔滔一片潮流……」傳唱至今，仍未衰竭，「廁所詞王」黃霑居功厥偉。（黃霑生前告訴我，此詞是他早上坐廁時，聽得糞便咚咚落水聲，因得靈感而譜下。）奇人作異事，寫出傳世詞，正是天意。

明星明星，風風光光；背後辛勞，有誰得知？這就是娛樂圈。

我的盲公竹劉天賜

《破．地獄》尚未公映，圈中已鬧得沸沸揚揚，有說會是一齣破盡昔日紀錄的電影。所謂破紀錄者，就是票房逾一億二千萬，如果屬實，黃子華真的是不得了矣。目前票房保持者是黃子華，他的《毒舌大狀》票房收入一億一千五百萬港元。《破地獄》要破此紀錄，票房起碼一億二千萬。真的破得了，那麼香港電影有史以來最賣座的兩部電影，男主角同屬黃子華，紀錄驕人，黃家祠堂可燒高香矣。（註：最後以收一億五千萬破紀錄。）

黃子華夥拍許冠文，人人都以為所拍必然是喜劇，倫文敘鬥荒唐鏡，唇槍舌劍，精采可期。事實並非如此，路邊社消息云：「Everybody，這是一部有血有淚的社會寫實電影，大可帶領觀眾走進另一個不曾目睹到的新層次。」真的嗎？未看過電影，不敢妄言。

至於能否破紀錄？我更不在意，此刻想到的是另一位喜劇奇才，也就是許冠文的徒弟劉天賜君。我能進入電視圈，純然是劉天賜帶引，他是我的盲公竹。七七年，「佳藝」開台，勢頭駭人，年底，劉天賜致電我家邀我喝咖啡，地點是太子道咖啡屋。怎會是喝咖啡那麼簡單？自有要事商議，原來劉天賜看中了日本推理電影。

其時，香港盛行推理電影，《霧之旗》、《八墓村》，都有不俗的票房紀錄。見獵心喜，開動天賜獨家靈活腦筋，想拍日本推理式的電視劇集。看過我翻譯松本清張的《霧之旗》，大受感動，決心來個下馬問道，要求我協助拍攝推理劇場。既有鈔票進門，自無推搪之理，下巴輕輕，膽子粗粗，不掂自己幾斤幾両，應承下來。劉天賜興奮得緊握我手：「沈西城，你住香港，我在九龍，相當隔涉，為求做事方便，這樣吧，倒不如來公司上班，月薪四千五……」哎唷嘩，那是高薪呀！很快我就興高采烈地踏進了佳藝電視的大門，以為從此可吃太平飯。豈料，禍起蕭牆，因種種因素，佳視被迫關門大吉，推理劇場只拍了兩集，就被打進「八墓村」，卻打不斷我跟劉天賜的友情。

我這一根盲公竹，認識的人都知道有兩個很奇怪的習性：一是眨眼，另一就是手不停打圈。先說眨眼，曾經約略計算過，大約半分鐘，會眨二十下；二十下，不是個小數目，可以說已到了相當嚴重的程度。可在電視台裏，他位極人臣，尊貴萬分，咱們下屬不好相問緣何如此？即便忝為老友，維護他的顏面，也便半盲半瞎地詐作看不到。只是一趟同事共聚，尋歡作樂的時候，黃酒三巡，尊嚴拋諸腦後，膽量升至喉頭，我問起他眨眼的原委？哈哈哈！劉天賜一聽，絕無半點火氣，一臉閒適，輕聲反問：「你為什麼會留意到呀？」他這一問，猶如張三豐太極推手，四両撥千斤，什麼都化去，從此再也沒有人追問他原因了。因而到現在，怕亦沒有人知道劉天賜眨眼的真正原因。

至於打手圈，倒曾有過解釋，初寫劇本時，寫得倦了，雙手痠軟，可劇本還不曾完成，未能住筆。為求輕舒骨骼，鬆弛緊張情緒，就來個打手圈。日久成習，不治劇本的時候，也會一個圈一個圈地打，成了劉天賜的註冊商標。

劉天賜的嗜好，據我所知，並不多，酒量嘛，平平無奇，不能作鯨飲；風流則未至成性，因而五台山上，鮮有緋聞，故名「劉君子」。有同事問原因，以「不能為外人道也」來作解釋。好事者促狹，為他減了兩個字，變成「不能人道也」。劉天賜非但不以為忤，還認真地問：「唉，你怎會知道？莫非那天晚上你正躲在我床下？」聞者噴飯。由此可見劉天賜的幽默，實在非同凡響。如果拍喜劇，大可跟周星馳比肩，可惜劉君志不在此，周星馳遂獨大矣！

人豈可無真正嗜好？天賜最大嗜好就是啃書，是典型的啃書家，幾乎什麼書都啃，最喜《三國》、《水滸》，不但研之甚深，還發乎為文，論起《水滸》、《三國》，即口沫橫飛，滔滔不絕。某年某夜，花生、蝦米伴黃酒，對我說：「沈西城，你喜歡《水滸》，那我告訴你，潘金蓮實非淫婦」，呷了一口黃酒，往下說：「同樣，宋江亦非好漢！」我乘興加上一句：「劉天賜亦非無才！」他聞之大笑：「要挑馬屁王，非汝莫屬！」相與擊掌大笑。酒氣過，一想：大大不妥，若然在下是馬屁精，功力抵韋小寶，為何至今仍沉淪於文化圈，作一個次等爬格子動物呢？三頭馬車做不成，馬伕當也能撈到半個吧！由是可知，劉天賜此人極懂高抬朋友，被抬者飄飄然，升上神枱不自知，真宜乎劉公寫出《小寶神功》也。

你還記得《變色龍》賀昇嗎？

我是一個很幸運的人，五台山五個台，我先後做了三個電視台的策劃，先是「佳視」、繼而「麗的」，最後跳槽「無綫」。在「麗的」，我結識了兩個談得來的朋友：吳偉榮、劉志榮。時光荏苒，劉志榮去世已有十六年。算起來，他小我四歲，社會經驗比我足。

劉志榮當紅時（一九七九年），我剛從「佳視」轉到「麗的」，劉憑着《變色龍》裏賀昇這個警察角色，成了家喻戶曉的人物，「麗的」中人都管他叫賀昇而不名。某天早上，我在「麗的」大堂遇到賀昇，身邊的吳偉榮作介紹：「沈西城、昇哥！」伸手相握：「沈西城，你真有膽子，居然開拍推理劇場！（他不知道拍推理劇場之念，純然出自幕後主管周梁淑怡和劉天賜！）」賀昇認真地說：「推理不容易拍呀！」說的沒錯，推理劇場前後只拍了兩齣：《繩結》和《睡新娘》，「佳視」就倒閉了，我跟知名電視劇監製蕭笙投奔「麗的」。

《變色龍》開播後，飾演警察賀昇的劉志榮一炮而紅，觀眾嘴邊常掛着賀昇的名字。七九年我進「麗的」後，給分配至節目策劃部。我的職責是籌劃劇集，說得好聽，拆穿了，便是故事撰述者。我跟吳偉榮先收集了各方面資料，向上司提告，列出各劇種，然後由上司匯報管理層，決定選擇哪一個劇種，再交由我們去構思、發揮。

節目發展部的工作，說忙不忙，說閒不閒。一個星期中，偶會有一天沒工作的，偷得浮生半日閒，我跟吳偉榮作興跑到麗的餐廳喝咖啡打牙祭。劉志榮也喜歡到餐廳來，他跟吳偉榮相熟，因而跟我也成了朋友。劉志榮有野心，很想拍電影。他對吳偉榮說已籌得部分資金，準備拍電影。我乘興說：「昇哥，那還不容易嗎？你爸爸劉克宣是有名的老倌，自己是英俊小生，女角大可用你老搭檔李影，卡士方面，起碼不用傷腦筋。」劉志榮點點頭，說：「可惜——」「可惜什麼？」「劇本難求哪！」他吁口氣，神情無奈。我跟吳偉榮年少氣盛，一聽，自告奮勇：「昇哥，放心，這方面，我兩兄弟可略盡綿力。」劉志榮一聽，大喜，三手共握，美好前途，近在眼邊。

嗣後，有一段時期，我跟吳偉榮日以繼夜為劉志榮構思劇本。劉志榮對朋友很豪爽，咱倆構思劇本時，煙、酒、茶、飯不缺，並不時向我倆提供他的寶貴意見。良心話，意見偶然很管用，大多時卻不合適。我跟吳偉榮是兩頭犟牛，絕對不會因為昇哥他是老闆便百依百從，不斷提出駁斥，若然換了第二個人，一定會變臉，不高興，劉志榮卻一笑置之，並不曾因為我們不斷地反對而不喜。從這一方面看，劉志榮的器量不可謂不大。

後來，眾志紛紜，劇本終於搞不成，只出了個故事，昇哥有點兒憋屈，付了訂金，得不到成果，還惹來不少閒言閒語。可劉志榮始終不曾說過什麼，見到我們，依然嘻哈哈，若無其事，反而我跟吳偉榮有點兒不好意思，似乎辜負了他。《變色龍》教劉志榮聲名遠播東南亞，大有機會走埠賺坡幣，只是那時登台風氣仍未熱烈，換了現在，劉志榮早已財源廣進，團團作富翁，他的電影公司當可駿業宏開矣！還有，若然肯濫拍，狗屎垃圾照樣接，以他當時的名氣，當可大賺特賺，拍戲資金，哪有問題？可他沒有，對電影始終懷着赤子之心，圈中難得。

劉志榮的長處是遇事鎮定，有一趟跟劉志榮去夜店消夜，一入店，就有人起哄，大喊：「昇哥來了！立正敬禮！」

一班古惑仔齊齊起立踩腳敬禮，舉杯向劉志榮邀飲。嘩！數數人數，一二三四五六七……起碼二十餘眾，一人一杯，不醉才怪，我暗暗捏了一把汗。（咋辦？）好個劉志榮，臨危不亂，神色自若，跨上一步，搶過其中一個古惑仔手上酒杯，向眾人說：「多謝各位弟兄看得起賀昇，小弟一會要返廠通頂（通宵拍戲），未能多飲，借花獻佛，敬眾弟兄們一杯，多多包涵，多多包涵！」舉杯一飲而盡，眾人轟然叫好。全然發揮劇集中賀昇滑頭本色，安然身退。

唉！應對場面之鎮定、圓滑，實非一般人所能至。換了我，必然醉至不醒人事，伏地而睡。

潘安面貌，西門風流，自多女人愛慕。萬萬想不到劉志榮，天生桄榔樹，鐵了心，傾慕一女人，便是麗的藝員梁淑莊，淹淹潤潤，輕搽脂粉；嬝嬝娉娉，懶染鉛華，裙下臣多，獨愛劉郎。劉志榮侍父甚孝，事事聽從老父劉克宣。宣叔有老倌流風，妻妾四人，一台麻雀，斟茶遞水，侍奉在側。演技承自老父，風流則遠未逮。俗云：「有其父必有其子」，看來未必。倏忽四十年，劉志榮、梁淑莊皆已去，相會再無期。

「道理榮」與「推理城」

香港電視競爭最激烈的年代，是上世紀七十年代至九十年代間。我曾在兩家電視台分別工作，有人問我兩家電視台的戲劇節目，比較欣賞哪一台？一時之間真的不知如何回答。兩家的製作經理不但是我的好朋友，還曾共事，恪於中國傳統道德，實在不能說什麼，人在江湖，身不由己，做韋小寶總好過做文天祥。

麗的節目策劃吳偉榮有個很別致的綽號「大嚿」，身形魁梧，高六呎餘，重一百七十多磅，無愧「大嚿」之名，惟其膽量卻遠遜彼之身形，優柔寡斷。舉個例子吧。許多年前，我跟吳偉榮同在麗的工作，上司是好好先生，從不管我們上班時間，能交差便可。我們有不少閒暇泡在Canteen裏。當時兩台之爭，比現時激烈得多，無綫的劉天賜暗中跟我倆商議，跳槽無綫。對我而言，不外是乳燕歸巢，在吳偉榮來說，不啻是倒戈相向，心裏十五十六。為了跳槽的事，吳偉榮每天拉我喝茶、吃飯，談來談去都是「三幅被」，應否蟬曳殘聲過別枝？我告訴他兩台基本工作方針不盡相同，無綫重系統，講規則，少個人主義。麗的英雄主義色彩濃厚，較易發揮，正是各有所長，亦各有所短。吳偉榮要我先表態，我回答：「歸巢」，我是少爺，抵不住麗的工作壓力，吳偉榮OK一聲，同意共同進退。揭竿起義前夕，吳偉榮哭喪着臉對我說：「老兄，我不過去了，我拋不下（李）兆熊哥！」以為是重義，如今看來，大抵是缺乏了自信使然吧！

吳偉榮喜歡講道理，同事們都叫他「道理榮」，什麼事都講道理，那時他薪水最高，講道理嘛，吃飯、喝酒你付賬，他亦樂意為之，「道理榮」之名更盛。即便是戀愛經，他也是道理十足，有條不紊，只是情花一直沒結果，見到女人，險些變啞巴。我喜歡日本推理小說，翻譯了兩三本松本清張的小說，度橋，我重邏輯、推理，麗的中人便叫我作「推理城」，跟「道理榮」並駕齊驅。意念不盡相同，卻能互補不足，成為最佳拍檔。可跟我們合作的電影界老前輩左几卻受不住「大嚿」的駁斥，暗裏垂淚。吳偉榮往往為劇本好，不惜跟左几當面相撞，弄得老前輩下不了台。我心有不忍，就勸「大嚿」稍稍收斂。左几得悉，請我到他品蘭街住所吃飯，臨別握手：「沈西城，謝謝你，你懂得尊重老人家！」自幼家母教誨「要敬老」，現在，年過古稀，人家敬我老！

追憶香港周刊業風雨

四十年前，我才三十多歲，幸運地當上《翡翠周刊》總編輯，那是玉郎機構轄下的一本娛樂刊物，為爭取市場，一炮打響，售價一元，比一般同類刊物便宜了一半。讀者多是貪婪的，既有一元可省，當會買來看看。滿以為必有好銷路，事與願違，反應不佳，大大比不上同社的《清新周刊》，於是介紹我當老總的朋友吃了記悶棍，很有點挖塞（上海話，即胸悶、心裏很不爽），我心不好受。這樣苦捱了兩、三個月，銷情仍不暢，入不敷支，高層有點兒不滿了，閒言閒語隨風來，朋友臉面更不好過，苦口婆心地勸我動動腦筋。正當躊躇不決之際，天降福星，某日娛樂圈爆出驚天聳地大新聞——巨星周潤發仰藥自殺。消息傳出，震驚報界，各大報章雜誌，偵騎四出，各展奇謀，爭取第一手資料。

那天黃昏，我已完成編務，準備下班到狄迪更斯酒吧喝兩杯，聽到消息，腦筋開動，乖乖坐回寫字枱上，吸口煙斗，有了計較，先下令機房停印，然後掛電話給副總張翼飛要他回來並肩作戰，豈料回說：「沈西城，搞什麼鬼，下班了，明天再做吧！」無已，只好着小記小妹立即撲料，蒐集一切消息，並命攝記快速拍攝現場照片。自己坐在編輯部，打開抽屜，翻查周潤發資料，從他入行以迄拍攝《上海灘》為止的等等經過，心裏有了底，握管直書，半個小時，成稿二千餘字。打七點鐘一直忙到八點半，一切就緒。小妹、攝記亦不負所託，拿來第一手資料、照片，據報發哥原來是為情自殺。大約九點半，印刷機颯颯開印，十一點鐘，全部印就，十萬本，第二天一早推出，跟《東方日報》打對台，滿足讀者好奇心。嘩嘩嘩，不到一個半小時，《翡翠周刊》售罄。《翡翠》打響名頭後，成為暢銷周刊，朋友的面孔登時有了血色。

那時候，市面上同類周刊不少，《翡翠》以外，尚有《明周》、《香周》、《新知》、《情報》等等，各有擁躉、各有銷路。除此，還有十日刊：《藍皮書》、《獵奇書》、《黃皮書》、《奇趣錄》、《迷你》、《男子漢》、《龍虎豹》，林林總總，益智、色情、詭異皆有，讀者多有選擇。我在《翡翠周刊》工作了一段時期，因某種原因，被迫離開。徬徨不已，這時我的玉郎舊同事李漫山向我拋出橄欖枝，邀我進鶴鳴書報社，跟他共事。職銜是《情報周刊》副總編輯，後又兼《奇趣錄》總編輯。《情報》走的是一般娛樂周刊老路，沒什麼特色，倒是《奇趣錄》在我主政底下，加入不少日本新奇事物，生動有趣，吸引了不少讀者，銷路直逼《獵奇書》。後來我插進日本女星性感寫真，冶蕩誘人，輔以日本歌星、明星動態，銷量節節上升。李漫山高興，叫老闆加我薪水。我倆共事，愉快融洽。

李漫山是一個頗具才情的編輯，為人重義，有些少舊才子習氣，文士風流，戀上一名舞小姐，每月所得全花在這位姐兒身上，入不敷支，要向張維老闆借薪。周轉不靈時，腦筋動得忒快，一逕走上書報社，跟老闆說一大堆話，掣出一個概念，就拿到錢。原來只要稍有名氣，肯做雜誌，發行老闆願意先墊支，待刊物出版後，再扣數。李漫山利用這一點，向三、四間發行老闆預支，轉手送進小姐的口袋裏。

其時，我已少有名氣，一日，李漫山對我說：「沈西城，你要不要賺錢？」神經病，哪個人不想，可這容易嗎？李漫山燃根香煙：「不難，只要你肯合作。」如何合作？在我耳邊低低說了幾句。「行不？」我有點狐疑。「怎麼不行？只要聽我的。」我剛離婚，需要錢，便聽從了他。

李漫山一把拉我跑上中原書報社，找老闆相談。「這位是沈西城，青年名作家，偵探、懸疑、詭秘、怪談，什麼都能寫。我想跟他合作出一本雜誌，一定有銷路。」跟着嘰哩呱啦，說到天花亂墜，把我捧上天。老闆道：「沈先生的大名我倒聽過，寫得好。這樣吧，出三期看看，咋樣？」忙不迭的說好，於是支票到手。幾本雜誌同時開動，兩人四手應付不了，臨時拉了黃永盛等幾個同事。急就章的產品，怎會好賣？發八成，退六成，賠到翻白眼。細細一算，賒來的十多萬塊全都打水漂了。債主臨門，李漫山告病假避禍。群龍無首，我也跳槽到「天天文化事業」，出版《奇艷錄》。

某天，道左遇黃永盛，哭喪着臉道：「天呀，山哥給人揍了！」江湖人物上門追債，一言不合，拳頭相向，荏弱的李漫山給揍慘了。我跑上山哥的家看望，一個人伏在寫字枱上，左手捧着米酒酒瓶，右手握筆，顛顛巍巍地在紙上畫版樣。抬起頭，映在我眼簾的是一張毫無血色的面孔，鼻子歪了，雙眼腫了，面頰上有兩條三吋許傷痕，帶着血絲，仍未結疤。他望着我，淒然一笑，忍不住，我眼淚流了下來，相對再無言。臨行，只說了一句話：「山哥，你珍重！」趁住他背轉身呷酒，放下一點錢，頭也不回，闊別了山哥。在香港無法生活下去，只好回鄉，過不久，永盛告訴我山哥走了。兩年後，永盛也離我而去，相隔天涯，再見無期。

九十年代後，出版凋零，我主政的《武俠世界》，經歷六十年的風風雨雨，終也歇業。如今，每路過旺角總統大廈，都會想起李漫山！

當年的《翡翠周刊》

翡翠鑽石黃金名車大抽獎！
翡翠周刊
逢星期三出版
抽獎印花
石崗營慘劇
邊個要孖黑鑊？
邱淑貞
鬧市遭胸襲！
大島由加利
兼職媽媽生?!
翁虹有同性戀經驗
靚次伯「霸腔」成絕唱
隨刊附送香港街
12
1992年2月12日
每本八元

第四輯

星光流影

二〇一一年三月二十九日夜，電視新聞，躍出了「大哥」鄧光榮去世的報道，全身一顫：（不是吧，那怎麼會？）大哥身體一向健康强壯，運動量夥，緣何會突然離世？翌日看報，才知道鄧光榮是在睡夢中離世，死因怕是都市一號殺手「心臟病」吧！「心臟病」雖稱一號殺手，可予病人的痛苦，遠不如「癌症」。雖然生死一剎，快速無倫，對死者是一種福氣。後來方知道大哥死於睡眠窒息症。澳門歸來，入母房探視，疲倦倒睡母親側，這樣就無聲無息地逝去。他是孝子，擁母去世，當無憾矣！

我跟大哥鄧光榮相識，遠在六十年代中

期，我們同在新法書院唸書，他高我一班。當時，他已是全校名人，因為他是「學生王子」。《學生王子》是「嶺光」電影公司的鉅獻，女主角是丁瑩，老闆黃卓漢為添電影聲勢，登報招募學生當第一男主角。少男都有明星夢，廣告一刊出，迅即有逾千人報名，高大英偉的鄧光榮被朋友推去參選。

經過一輪篩選，最後三人入圍，便是鄧光榮、陳振華和姚晉光。鄧光榮挺拔俊俏，充滿陽光氣色，正合「學生王子」氣質。「嶺光」高層一致通過，由鄧光榮出任第一男主角，陳、姚二人退居副車。鄧光榮就憑這部電影，一炮而紅，成為萬千男女影迷的偶像，其走紅之勢，駸駸乎追貼咱們的「戲迷情人」謝賢。（那時，謝賢是粵語片最紅的小生，片酬二萬。）我們的書院，上上下下雀躍萬分，老師都以有鄧光榮這個學生為榮，訓導主任莫德光更視鄧光榮為「義子」，人前人後，不迭誇讚。鄧光榮不忘本，成名多年後，仍然惦記這位義父莫德光。我們偶在太子道「紅寶石」餐廳喝茶，他都會向我打聽莫德光的消息，他說：「莫德光是一位好老師，教會我做人的道理。」

那麼，鄧光榮做人的道理又是什麼呢？那就是一個「義」字，對每個人都以

「誠懇」相待，他從不輕視人。汪禹落難，常到「大榮」（鄧光榮的電影公司）告貸。每一回，鄧光榮都滿足他的要求，還不忘叮囑：「阿弟……不要再吃了！」汪禹唯唯否否，連聲說明白，可不到兩天，我們的小汪又灰頭灰腦地跑上「大榮」找大哥了。縱然「大榮」諸人都不搭理汪禹，鄧光榮仍視他為朋友，借了錢，又講幾句逆耳忠言。我奇而問他：「大哥！為什麼你對汪禹這麼好？」他乾笑幾聲：「一來是同行，二來人在落難，總得拖一把！不好讓他淹死！阿沈！你說對嗎？」這就是鄧光榮！我們的眾人大哥鄧光榮！

八七年，我為「新藝城」編了一個劇本，拍成電影《龍虎風雲》，公映後，口碑大佳，賣座空前，「埋單」計數，幾近二千萬。八十年代二千萬票房，也就相等於現在的四五千萬了。這可不得了，不獨男主角周潤發成為炙手可熱的搶手貨，片約如飛而至，就是我這個小編劇，也成為電影老闆爭聘的對象。正在我忙得不可開交的時候，鄧光榮差人來叫我上他公司，有事奉商。也許是同學的關係，一直很佩服鄧光榮，他要我上公司，百忙中，還是抽出時間，跑上太子道的「大榮」。那是夏天，天氣熱，大哥穿了一襲碎花長袖襯衣，配雪紡白長褲，腳踏黑白相間皮鞋。帥極了！鄧光榮說要開拍一部江湖電影，要我把它編出來。他約略說了個故事大綱，我一聽，覺得不俗。「阿沈！我們把它搞好，要為母校爭光！好不？」這樣說出了口，我哪裏能推！

電影的導演是霍耀良（二〇二四去年去世），擅長講故事，簡單的材料到他口邊，燦然開花，老闆聽得舒服，快樂地掏腰包。八六年，利智得了「亞洲小姐」，成為電影圈寵兒。鄧光榮想邀她助陣，着我們兩人聯絡利智。幾天後，我和霍耀良在半島的咖啡座上見到了利智。真是一個大美人！膚白賽霜，骨肉勻停，胸前嶺梅成為男人焦點。利智快人快語，答應演出。因為這部電影，我有三個多月的時間，幾乎日夜跟鄧光榮見面。他大概每天下午三點多回公司，跟住就在他的房間裏，跟我和霍耀良、蕭榮開會。細心聽我們講劇本，適當的時候，插嘴說他意見。他很民主，嘴邊常掛着一句話：「我說得不對，你們可以反對，我不一定全對，我不是神仙！」

鄧光榮尊重編劇，給以編劇和導演最大的自由，只求拍好電影，這一點反映在他支持王家衛開拍《旺角卡門》上，可得到明證。《旺角卡門》是唯一一部能讓觀眾看得明明白白的王家衛電影。至於後來的電影，影像奇麗，觀眾無法看懂。有人跟鄧光榮提起，他說：「王家衛是一個奇才，奇才難駕馭。」他支持拍攝的《阿飛正傳》，聽說最後賠了千多萬港幣，雖說不是大哥一個人蝕，可也難向投資者交待。他一句怨言也沒有，只是自此之後，再沒找王家衛拍電影了。

在「大榮」一度橋三個月，常有機會跟大哥夜遊。朋友一聽我跟鄧光榮夜遊，都笑了起來。大哥英俊倜儻、風流瀟灑，到歡場逛遊，必然佔盡上風，吾輩貌寢小子隨附驥尾，還有什麼戲唱？哈哈，事實卻非如此！鄧光榮在歡場並不太受嬰宛輩待見。是啥道理？且聽我慢慢道來！不錯，鄧光榮「好靚仔」，「靚仔」自然多嬰宛輩喜歡，可這僅是第一印象，事情發展下去，全然是兩碼子事。鄧光榮重義氣，講規矩，無形中讓他養成了一種「大男人主義」，這表現在歡場上，尤為激烈鮮明。鄧光榮坐枱，坐姿端正，背伸直，頭微仰，雙手放在膝上，正氣凜然。有一個北方妞兒，不識大哥，偷偷問我：「先生！他是江湖大哥嗎？我好怕！」聽了，不禁失笑。淨是這個架勢，已讓他跟小姐們劃了界。若然三杯黃湯下肚，就更令小姐頭痛。鄧光榮猜枚，最喜「十五二十」，誰輸了必得一杯啤酒喝光。本來這沒干係，小姐們都是能猜善飲之輩，可偏偏大哥的枚快如疾風，才叫出「五」，小姐還反應過來，他已叫出「十五」，速度之快，世莫罕其匹。小姐們難適應，大多輸掉了枚，於是酒一杯杯的喝。

有小姐不勝酒力乞饒，大哥臉一扳，說：「你沒信用，做人豈可言而無信！」小姐只好把酒當毒藥般喝了下去。這樣，英俊瀟灑的大明星，反而成了嬰宛輩心中的「魔頭」，寧可跟我這個「小子」喝酒。

鄧光榮悄悄地走了！我只能囁囁對天說：「大哥！你走好！」昨夜拖着病軀，路過太子道，看到「大榮」所在的大廈，街燈如斗，物在人亡。「我今因病魂顛倒，唯夢閒人不夢君。」垂手佇立良久，哀同鵑化。

● 年輕時候的鄧光榮人稱「學生王子」

落花時節又逢君——憶柯俊雄

七十年代中某夜，下着淅瀝小雨，地上有少少泥濘，尖東的荷東的士高，人山人海，柯俊雄也雜在其中，喝他的酒，談他的天。朋友米奇介紹後，柯老大高舉酒杯跟我碰杯，呵呵笑：「小老弟，萍水相逢，高興得很，來來來，我們乾一杯！」台灣人口中的乾一杯，不同咱的淺嚐即止，而是把酒杯裏面的酒一口喝個清光。我杯子裏的不過是半杯啤酒，一飲而盡，苦不了我，可柯俊雄杯中的，是滿滿一杯純度高的拿破崙白蘭地，若乾杯，按台例，吃虧的是他。這不賠本的生意，當然幹得過，我毫不猶豫地一口呷盡，跟着把酒杯倒過來，杯口向着柯老大，順勢轉了一個圈。

「好，一級棒！」柯俊雄豎起大姆指，給了我一個讚，仰脖「骨」的，一口把整杯白蘭地吞下去，舐了舐嘴，神閒氣定，面不改容。（要是我，必然滿天星斗，搖搖欲墜。）至此，想起了老朋友的話：「小葉，我們好酒無量，記得遇到台灣老友記，千萬別逞英雄，不然的話，後果堪虞。」看到柯老大喝酒的腔調，此言非虛。台灣好漢，柯俊雄以外，古龍、高陽、臥龍生……個個都是猛龍過江，酒國大英雄，千杯難醉。

那時，柯俊雄來港拍攝香港電台的《香江歲月》，聽台灣老朋友說柯老大以有降身價為由，從不拍電視劇。咋的反底，破了戒？嘻嘻笑：「我喜歡那個戲——哦，所以接了，反正花不了多少時間。」由於拍電視劇，要在香港逗留一段時間，為了居住方便，還貸了房子，一在般咸道，一在九龍。

這之後，直有三年沒晤面。《龍虎風雲》拍攝時，柯俊雄又來香港，導演林嶺東約了他聊天，我作伴，有機會跟阿老大談天說地。他問我最喜歡他哪部電影？《英烈千秋》、《黃埔軍魂》、《八百壯士》、《啞女情深》……一舉列出一大堆，我搖頭，都不是。老大詫異了，眯着醉眼，大聲問：「那麼，哪一齣？」我一個字一個字地抖出來：「《再見——阿郎》！」「對對對——」指着我：「白景瑞導演的，美瑤跟我一起演。」身披浴衣，腳踏木屐，左搖右擺，大喇喇踏在鵝卵石街道上，嘴裏嚼着檳榔，眼睛四處眺望，流氣一身，好一個流氓胚子！「大哥，你演得絕了！一級棒！」三年後，我回敬他一個讚。他心花怒放，酒又是一杯杯的下肚。

飯局散，柯老大鬧着要去聽音樂，演員林威跟我陪他上金馬倫道的韓國會所，左擁右抱，樂不思蜀。眼皮貼了膏藥，卻不能直指黃龍，柯老大不過癮，吵鬧了，一定要找個女人陪他。在馬路上，隨意搭訕，截着年輕貌美的女郎，用半鹹半淡的廣東話說：「小姐，我……我係台灣柯俊雄，我哋去飲酒，好唔好？」開口，酒氣沖天，嚇煞嬌娃，扭頭便遁。柯老大頓足，喝道：「怎麼辦，林威！你咋搞的？」怎麼辦？我們幾個人，七手八腳，挾着柯老大，送回國賓酒店。

第二天，一早上酒店，陪他吃早餐，昨日的事，一字不提，似乎忘了，完全「斷片」。吃着培根多士的時候，忽然說：「小老弟，你說我演的《再見阿郎》可不錯，有點道理，可這不是我最喜歡的電影！」（咦！這他又記得？真的是選擇性「斷片」呵！）那倒要聽聽他最喜歡哪一齣了？一夜甜睡，精神好，心情佳，促狹地說：「小老弟，你猜猜？」這有何難？他的電影看得多，如數家珍：《啞女情深》、《意難忘》、《寂寞的十七歲》、《不再有春天》……

差不多說完了，他的頭一直搖着，我納悶起來，用央求的口吻問：「好大哥，到底是哪一齣呀？」好整以閒地呷了一口香片，用牙籤剔了剔牙縫，開腔了：「小老弟，我最喜歡自己的電影是《落花時節》，潘壘導演的。」喜歡在哪兒呀？用手拭了一下面頰：「這戲嘛，有人性，好極了！」告訴他這部電影在香港不賣座，香港人不喜歡人性，只喜歡獸性！他戚着眉頭，大聲道：「他媽的，小老弟，你胡扯，我不信！」

觀眾的確喜歡看柯俊雄的電影，可不是那種台灣文藝腔，而是他身上那種亦正亦邪的特性，像《再見阿郎》裏的小流氓、《不再有春天》的軟飯小白臉孔、《寂寞的十七歲》的壞胚子表哥……。朋友說：「我喜歡看柯俊雄的演出，他的演技千變萬化，爐火純青，環顧中、港、台，怕難有男演員能出其右。」絕非虛言妄語。轉眼，柯俊雄去世已廿年。若道人生如夢，醒來身又在何處？可君已醒不來，夢隨人去。

● 年輕時的柯俊雄

周潤發折服寶島影帝

柯俊雄

電影明星以我有限經驗區分，只有兩種：一種是真人面相平平，上鏡光芒四射，俗稱有 camera face；另一種，正正相反，真人亮麗瀟灑，好看煞人，上鏡嘛，不外如是。前者代表周潤發，不是說真人不好看，是上鏡比真人好看得多，這在戲班諺語，便是祖師爺賞飯吃。相反，鄧光榮臉容俊俏，英氣逼人，可上鏡打了折扣，不如真人。何解？資深影人吳思遠說：「拍電影，臉孔不能太大，一上鏡，會放大臉龐，本是英俊的，打了折扣。相反，面孔細小，會佔優勢。」這就讓我想起老朋友武打演員陳惠敏來了，長臉瘦削，一上鏡頭，別有味道。我的上海表弟小林，一臉韶秀，鶯鶯燕燕繞之不去。介紹試鏡，失敗！何解？面孔太大，試出來，大面盆一個。

認識周潤發，似乎是我一九七九年在無綫電視跑龍套的時候，見面次數不多，偶然在電視台的餐廳碰到，身邊總是圍着一大堆人，根本沒有談話的機會。不不不，記錯了，其實我很早就見過周潤發。我跟周潤發的大姐聽玲遠在六、七十年代《星島日報》「好少年之友」年代便認識，她是「好少年之友」的積極分子，有什麼聚會都會踴躍參與，是團長覃俊的左右手。我那時是文藝少年，常投稿給「好少年之友」，偶然也會參加一些聚會，都是年輕人，談話投契，樂也融融。聽玲有時候會帶着一個小孩來參加，蓄平頂頭，腳踏白布鞋，跟在背後，有點靦腆，卻活潑佻脫，哪會想到他是後來的大明星周潤發？

八十年代初，重遇聽玲，亭亭一美人，喜歡跳舞、拍照片。我隨口問：「聽人說周潤發是你的弟弟？」其時，周潤發剛拍完《上海灘》，許文強名噪一時。大結局，周潤發被殺那一場戲，有人連晚飯都不吃，留在電視機前看，結果收視率爆燈，香港有誰不知道周潤發？紅了紅了！滿街爭說許文強！聽玲不好出風頭，聽得我問，忸忸怩怩地答：「是的！」並叮囑我不要隨便對人說。我好生納悶，有這樣一個出眾的弟弟，為什麼要秘而不宣呢？你可得知道，周氏家族都不愛招搖出風頭，更不向外界抖露自己的家庭情況。不獨聰玲，周潤發也不例外，你問他任何問題，都會爽快回答，一提家庭，就會噤若寒蟬，不發一言。

八二年，我離開 TVB 後，許久沒見過周潤發。人紅煩事多，期間不少負面新聞降臨他身上，一則為情自殺，轟動全港，狗仔隊盡情揭秘，刺激銷路，周潤發成為雙重受害者，他會垮下去嗎？當時身為《翡翠周刊》總編輯的我跟朋友打賭：「南丫島兒郎，哪有這麼容易給打趴！」結果，贏了一席魚翅宴。我的理據是以他頑強、刻苦性格，絕對不會被那些困擾擊倒。果如此也，不但沒倒下去，一部《英雄本色》讓他站得腰板挺直，比在電視台的時候，名氣更響，許文強給他名，嘜哥予他利。為爭取他拍戲，兩位江湖大哥各不相讓，幾乎翻桌子，自此鈔票滾滾而來。俟《賭神》出，周潤發成為電影印鈔機，甩掉了久背身上的「票房毒藥」惡號。

《英雄本色》後，又拍了《龍虎風雲》，我們重逢了。我編劇，他主演，票房很好。大明星體恤小演員，拍一場警匪在金馬倫裏飛車追逐的戲，槍聲頻響，車窗爆破，周潤發大聲提點：「沈西城，蹲下，小心碎片飛入眼。」這句話，我從未忘記。同一部戲有一場景，我的「排骨」演得不好，另一男主角李修賢火了，出言指責，一旁的周潤發勸道：「算了，他是新人嘛！」修賢不明白，我是臨時拉伕的呀，我好委屈！

嗣後，一系列《賭神》，周潤發忙得團團轉，幾乎連吃飯、睡覺的時候也沒有。一天時間全用在拍片上，一日兩組，根本沒法睡覺。咋辦？難道是神仙化身，不用睡？當然不是，山人自有妙計，且聽道來！「唉，這個容易，拍戲嘛，不是全拍我一個人，總會有鏡頭拍不到我，這便是黃金時候，我就倒在椅子上睡，睡他十來分鐘也是好的。我已練成隨時入睡的神功，哈哈哈！」老牌明星楊志卿說過：「明星不易當，沒戲做，夠徬徨，有戲拍，又怕挨不來，拍了嘛，卻擔心不賣座，這口飯，哪有這麼容易吃！」怕只有笑駡由人的周潤發才能甘之如飴，不當一回事吧！以苦為樂，這門絕技，別人學不來。

走筆至此，敬愛的發哥，有一樁事兒，一直在心，從來不曾吐露過。當年寶島影帝柯俊雄來香港拍戲，有幸一起討論劇本。他舉着一杯酒，說：「我知道香港有個周潤發，很能演，就記在心裏。那一天，正好跟他同場，我攝定心神，坐在椅子上，直着眼看他演。」我好奇問：「大哥，你沒發一聲？」「對呀！我一路看着他演到最後，才回敬了一句對白！」一直不明白，直到某一天，台灣演員孫越大哥告訴我：「小柯一向自負自己的演技，他這是把周潤發當成最大對手了，用內斂、以靜制動的演技化去周潤發光芒萬丈的表演。」發哥，你可曾想到柯老大會把你當作最大的對手？藏在心裏三十多年，今日說出來，我舒坦多了！

香江第一小生

香港現在什麼都盛行「第一」，才子有「香江第一才子」，酒家有「香江第一酒家」，算命有「香江港第一神算」，這不由教我想起了「香江第一小生」。

誰是香江第一小生？答案自是人人不同，我的答案（以五十年代起算）首先是「謝賢」。封謝賢為「香江第一小生」，並非我始創，而係老前輩馮鳳三大哥。年輕一輩知道的不多，他可是香港海派四大家之一（其餘三人為過來人，方龍驤、何行，皆作古矣！）

五十五年前，在灣畔翠谷夜總會遇到三哥，彼此都是上海人，特別談得來。一談便談到咱們的電影。在這方面，他是我的老前輩了，自然下馬請教，了解詳情。三哥由上海的默片，看到香港的弧形闊銀幕，電影明星認識、過從者眾，女明星嘛，周璇、鍾情、尤敏、葉楓、李麗華、李湄、夷光……廿根指頭數不盡。三哥好酒，三杯黃湯下肚，話語不盡。我撩撥他：「這班女明星當中，以你看，誰最漂亮？」「小開，儂講哩！」惺忪醉眼瞧着我。（三哥，你真行，一記太極推手，將難題交到我手上！）我抓腮，半猜半說：「是周璇嗎？」「不不不！周璇臉蛋兒不錯，太小樣！」「葉楓？」胖嘟嘟的三哥笑而不語，跟着輕唱葉楓名曲《神秘女郎》：「你不要，對我望，黯淡的燈光，使我迷惘……」豎起大拇指：「一流尤物，可還不及咱的曼華妹妹，她的媚、她的酥，彈指即現！」對對對！想漏了周曼華阿姨，跟我母親是上海老姊妹，五十年代常來我家，如雲秀髮，杏臉桃腮，我這個小弟弟也醉了。講紅，紅不過周璇、李麗華、葉楓，比模樣兒，壓一，三哥那大拇指又翹起來了！三哥是作詞名家司徒明，一曲《今宵多珍重》，哪個不知，哪個不曉？紅遍天下：「南風吻臉輕輕，飄過來花香濃……」有誰沒聽過！

三哥好酒，三杯黃湯下肚，逸興遄飛，他問我：「小老弟！我出一個題目考考你，當今小生，你認為誰最英俊？」我想也不想，回答：「謝賢！」三哥一聽拍腿，大叫：「儂對了！有眼光，他真的是香江第一小生哪！說樣貌，有樣貌，講身形，有身形，沒人跟他有得比呵！」說得喜興，連灌兩杯黃湯，手背抹抹嘴。

三哥這樣說，當然有道理，他南來香港數十載，左腳踏入文化界，右足踩進電影圈，國、粵語影壇，大部分男明星，他都親眼目睹過，如此推許謝賢，可見四哥謝賢在三哥鳳三心中的地位。謝賢放在現在看，身子並不太高，五呎十吋，許多男明星都比他高，跟鄧光榮、張冲、狄龍、周潤發站在一起，風采略遜。可在五、六十年代，這已夠看頭了。三哥不服氣：「儂勿懂，貓亂講（寧波話：不要亂講。），男人之間差一兩吋，沒要緊。謝賢最大優點在臉形，無論從哪個角度看，都好看，難得的是英俊得來不帶一絲娘娘腔。這就跟荷里活的加利格蘭有得比了。」說得沒錯，緊張大師希治閣接受訪問說：「拍加利格蘭，最好拍，任何一個角度都完美。不相信，請看《捉賊記》。」三哥還說：「論賣相，呂奇其實也不錯，可惜太娘娘腔，跟白雲一樣。」白雲是誰？五、六十年代電影界圈標準小白臉，百樂門的舞孃爭着倒貼他，花綠綠鈔票盡向他身上擲。女人愛死，男人氣死。三哥的說法，很明顯，謝賢是英俊得來不帶娘兒氣，不呆板，沒憨氣，播浪風流，中國影壇中不多見。

跟謝賢同期的小生，粵語片有胡楓、張英才、曾江、周聰、江漢，外型都不及他。「後來冒起了鄧光榮，個子比謝賢更高，人也英俊，可跟謝賢相比，還是欠缺了一點氣質。」三哥舀了一碗湯，喘喘呷了口：「無論怎麼說，咱兩哥兒，都認定謝賢是第一小生了，對勿？啱唔啱？」酒醉的三哥，說話三及弟，國語、滬語、粵語一併用上！「來來來，沈西城呀，我們來唱歌！」勾肩搭背，對唱《杏花溪之戀》——「我們兩相愛在杏花溪　朝朝暮暮常相依　葉綠花紅吹柳搖曳　黃鶯兒枝上相棲……」他唱男呢，我唱女，唱得方龍驤雙手掩耳，高呼：「難聽死了！」至於國語片小生，有凌雲、陳厚、張揚、張冲、高遠、傅奇、金漢，雖云「有型」，比起謝賢，還是矮了半截。三哥憶往：「以前我在上海，最欣賞劉瓊！身高逾六呎，本是一名籃球員，給電影公司相中，進了影圈。劉瓊生得正氣，演技也好，我很迷他，許他為上海第一小生。」我問如果這個「上海第一小生」跟「香江第一小生」相比，又如何定評？

三哥又是一口酒：「老阿哥考考儂哉，儂先講！」老實講，劉瓊的戲我看得不多，印象最深是《國魂》中的文天祥，正氣凜然，教人欣賞。劉瓊穿西裝也好看，風度翩翩，儒雅温文，可不知是否感情作用，我還是衝口而出：「當然是香江小生謝賢啦！」謝賢，我是從小看大的，最喜歡他的《英雄本色》和《通心樹》，前者飾釋囚，後者演癮君子，戲好人俊，至今無人可及。三哥聽了，又拍腿：「小老弟！儂講得對，謝賢比劉瓊還要好！他是中國第一小生，紅足幾十年！」於是——「南風吻臉輕輕　星已稀月迷朦　我們緊偎親　句句話都由衷……我兩臨別依　怨太陽快升東　我兩臨別依依　要再見在夢中」三哥跟我額頭貼額頭，放聲唱《今宵多珍重》。三哥，要再見在夢中，十多年了，夢中我見不到你！

●年輕時的謝賢無愧「香江第一小生」的稱號

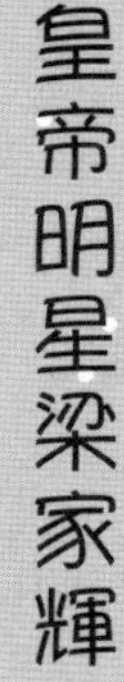

皇帝明星梁家輝

老朋友田雞吐苦水，香港電影行情，比北極寒冰更冷。昔日年產三百多部，今年首三月，僅有二、三十部，天堂與地獄，從業人員叫苦連天。十指連心痛難當，老大哥古天樂體恤民情，自願減薪，用心良苦，可這真是解困的法子嗎？我無言，淒風苦雨的天氣裏，教我更惦念起七、八十年代香港電影的興盛光景：大牌導演展才能，耀眼明星比演技，富貴老闆撒金錢，香港成了東方荷里活。只要你有少少才華，有幹勁，哪會無片拍？更遑論成龍、洪金寶、周潤發、周星馳矣！我運氣好，躬逢其盛，小不刺子在圈內跑龍套，編劇、茄哩啡，居然也堪餬口。

有緣跟一眾大導演像李翰祥、胡金銓有交往，常到翰祥大哥清水灣的別墅，金銓道風山的石屋作客。去李家，可得格外小心，倒不是李家有惡犬會噬人，而是整室古董，擺得東歪西倒，插針無隙，腳底一絆，咣啷一聲，砸爛一件、半具，小子西城如何賠得起？每去拜訪，例必膽戰心驚，如履薄冰。李翰祥乍道：「你骨骨抖，怕啥？」我回答：「砸爛了，小子賠不起！」李翰祥仰天大笑：「全是破爛東西，不值錢！」打蛇隨棍上，伸手乞求賞賜一二，他卻顧左右而言他，語不對心，足證古董非贗品，任何一件都價值連城，若非，以李導演的豪情，早已賜我一二。

有人說李翰祥所賺的錢，大多花在古董上，這話有道理，他家有一副景泰藍屏風，高逾人身，雕着仙鶴，伴以麋鹿，價值不菲。我問價，李翰祥濃眉一緊，愛嬌道：「你猜呀！」說了幾個數目，都搖頭。屏風雖值錢，萬萬比不上李大導秘藏了數十載的上價古董——李太太翠英女士吧！邵氏導演，張徹多收契仔，李翰祥廣納契女，提拔男星不多見，大抵只有梁家輝是他一手扶掖。

我認識梁家輝，是他恩師李翰祥作曹邱，請客的是「盡訴心中情」白韻琴，當夜好像是在新世界的金牛苑吃的晚飯。坐下不久，梁家輝就來了，肩膊背布袋，高高瘦瘦，臉如削瓜，書生氣味濃，跟銀幕上的形象，無大異致。話匣子打開，才知道他喜歡看書，當過記者。聽到我在文化界打滾，就問我是否也當過記者？我回答：「做過兩個月報紙的校對！」梁家輝好奇地問：「為什麼只做兩個月？」我說：「太辛苦，捱不住呀！」問他為什麼要做記者？他說那是為了吸收社會經驗，記者接觸人多，有得益。梁家輝愛文化，搞過雜誌，賠了本。後來考進電視台，接着，認識了李翰祥。白韻琴告訴我梁家輝做雜誌時，結識了導演的千金李殿朗，這才跟導演相熟。李翰祥具慧眼，看中梁家輝。有一回，我在松園跟李翰祥聊天，忽然想起積在心中的疑惑，就問導演：「你怎會看上梁家輝的呢？他從來未拍過電影。」

李翰祥回道：「八二年，我北上拍《垂簾聽政》，皇帝角色，看了幾個上面的演員，都不愜意，正自愁上心頭。某日下午，我從外回家，看到女兒的男友梁家輝坐在沙發上，側臉看書。我陡地怔了一下：那活脫脫是皇帝呀！就是他，就是他！」起初，梁家輝還有些猶豫，李翰祥壯他膽：「Tony，你怕啥？我教你便行。」把着手教梁家輝，怎樣唸對白，走台步，如何做表情……。梁家輝戰戰兢兢地一步一步學，演得規規矩矩，不像初登銀幕的新人。上映後，大獲好評、梁家輝還憑這部電影奪得第三屆香港電影金像獎最佳男主角，成為年輕影帝。跟導演拍了幾部電影，最後鬧翻了。李翰祥指責梁家輝違背合約，不肯接他的戲。梁家輝離開李導演，前路亦苦，雖然簽了「新藝城」，卻無戲可演，原因是台灣那邊公會還未認同他的資格。不認同，等於自絕飯票，戲不能上海外，哪個老闆請？梁家輝那段日子好難過，告訴記者李導演一年拍一部戲，酬勞又不高，生活大成問題。公說公有理，婆說婆有據，清官難斷家務事，難分對錯。只是此後，梁家輝不再拍李翰祥的電影矣，相逢如陌路。

憑良心說，梁家輝是我所見過的男星當中，印象最深的一個。他的外形適宜拍電影，長長臉孔，眉清目秀，除書卷氣外，難得還沾有一絲邪氣，圈中難尋找。而且，他還可以演喜劇，在《黑玫瑰對黑玫瑰》中，他飾演呂奇，忸怩作態，比呂奇更呂奇，絕了！說出來你不相信，他更擅演風流公子，法國電影《情人》，淺棕式涼帽，鵝黃麻布西裝，腳踏黃白雙間皮鞋，倜儻瀟灑，風流自賞，直是倒模荷里活巨星泰倫鮑華。黃霑、林燕妮曾經在報章上大讚梁家輝，人多以為乃捧場文字，我仔細拜讀，語出由衷，並無虛言。時光匆匆，四十多年前的事了，梁家輝亦由活潑青年轉入老年之境，演技更內斂。香港影壇，兩個Tony（另一位是梁朝偉），並肩發光，難得的是，皆忠於愛情，圈中人，不是人人能做到。

●梁家輝英俊瀟灑，數十年如一日

欠缺運氣的諧星孟海

矮矮的身子，圓圓的面孔，兩隻小眼睛笑起來瞇成一綫，滑稽逗笑。這小夥子是誰？午馬告訴我：「我武師小弟孟海，北派打得好，是刀馬旦粉菊花的徒弟。」這是上世紀七十年代末的事了，亦是我第一次遇到孟海留下的印象。真想不到孟海那麼矮小，這跟在銀幕上的形象是無論如何湊不攏的，銀幕往往扭曲了人的本來面目，美作媸，醜變美。

孟海的外表普通，一上銀幕，生龍活虎，予人一種奇趣。跟孟海本來不太熟，後來他找我寫劇本，成了朋友。有幾件事給我很深刻的印象，首先他對自己的信心教我吃驚，他說導演當然有他個人想法和原則，故事想好，不容老闆多意見，拖延時日。

孟海第一次當導演，表明立場，這對編劇無疑投下一顆定心丸。導演大多婆媽，想好故事，弄好分場，忽然來個一百八十度大轉變，寫好的，不要了，再來一個！你火不火？孟海可沒這個陋習，確是好漢子。

孟海女朋友羅芙洛是美國人，到香港拍電影，結識孟海。兩人對功夫都有研究，便互相切磋，多接觸，竟爆出愛火花來，教圈中人莫名其妙。孟海根本不會講英文，而羅芙洛除了一口美式英語，連中文是啥都不知道，只好憑手勢，加上孟海幾句洋涇濱英語溝通。就這樣，愛情居然可以飛越國界，你說不是異數是什麼？說起來羅芙洛也真的笨，一句普通廣東話也講不來，看看日本的倉田保昭吧，來香港不到一年，連廣東粗口也學會了，罵起人來比廣東人還地道呢！孟海當導演，首重動作，他是北派出身，粉菊花高足，當然不會浪費自己的技藝，銀幕上大耍拳腳。

孟海好動，不喜讀書，隨粉菊花學藝，非常艱苦，鞭子吃不少，真想不學了，還是咬着唇捱下去。現在想起來，幸好孟海沒有放棄，不然就做不成導演，當不成演員。學北派時，只不過想在舞台混口飯吃，武俠片起飛了，學北派的都進了電影圈當武師，收入比做京劇好。孟海感恩，提起吳思遠導演：「如果不是吳思遠導演拍了《蛇形刁手》、《醉拳》，我這個小不甩子（無名小子）哪有機會當演員、做導演？吳導演改變了香港電影潮流，創出了諧趣武打喜劇，真是電影界的一大功臣。」吃了一口酒，笑嘻嘻，往下說：「上世紀八九十年代，不少武俠電影仍舊保留着《蛇形刁手》、《醉拳》的痕跡，成龍的電影幾乎全是這兩部電影的變奏。」我們相議的電影，終於拍成了，賣座平平，孟海只好做回他的演員，咱們也再不相見。二〇二三年十月，孟海因病逝世，終其一生，有才而運蹇，始終未能發光發熱。老朋友，安息吧！

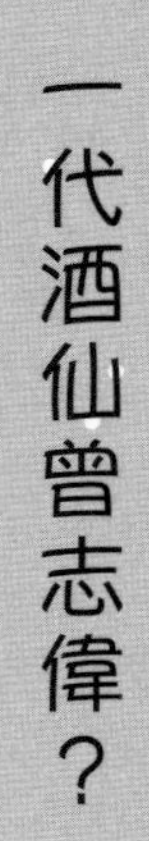

一代酒仙曾志偉？

跟曾志偉不算太熟，在酒會裏遇過兩三趟，幽默風趣，多言好動。老朋友王晶跟我說過，在當今影壇上推「百變星君」者，曾志偉認了第二，無人敢稱第一，言辭間溢滿敬意。在品流複雜的影壇，能得人佩服，談何容易，數來數去，昔日怕只有洪金寶和曾志偉矣，到了今日，最多添上一個古天樂。數年前，大情大性、大癲大廢的曾志偉出任TVB總經理，真的嚇了我一跳，這樣頑皮的人，何能膺方面之寄？上海老前輩說：「西城，你說這樣的話，我就不愛聽了！TVB需要跳脫的人，老話講得好，做電視，第一嘛要骰子活落（腦筋靈活），鬼點子多。又不是上大學，不必循規蹈矩，能賺錢，這就對了！」這麼一說，TVB 似乎選對了人？

有人說曾志偉的酒量非常驚人，可稱酒仙，果乎？在酒會裏，常看到他跟人鬥酒，一杯又一杯。不是什麼啤酒，是白蘭地摻水、威士忌加冰和紅酒，同一時間下肚而面不改容。喝酒的人都知道，最怕混酒，曾志偉有此能耐，不是酒仙是啥？旁邊有人陰惻惻地笑：「一會你就知！」此言何解，這聽我道來！不到一個時辰，一群人扶着曾志偉走來，滿臉通紅，雙手亂揮，腳步踉蹌，直朝宴會廳大門逸去，於是「酒仙」除牌，換上「走先」，逢喝必醉，已成曾志偉的生招牌。近年誹言環繞着曾志偉，有人說他曾侵犯女藝員，是否屬實，不得而知，相信這跟他醉酒有關。喝醉了，亂說話，因而賈禍，曾當眾嘲笑女歌星，街頭遭毆打，入院縫了十幾針，自此收斂了不少。同是圈中人，何必多調侃！

曾志偉曾是足球員，踢過甲組，其父曾啟榮出身警察會，也是足球健將。曾志偉好動、嗜武，當過武師，別看他只有五呎三吋高，身手可靈活得很。圈中人稱曾志偉是三級跳選手，先是武師，繼而演員，最後當了導演。三級跳選手，盡在昔日嘉禾。後來，曾志偉北上淘金，盆滿缽滿。不忘初心，熱衷拍電影，有點兒藝術良心，投資拍藝術片，對「頑皮鬼」曾志偉而言，真不容易。王晶嘲笑曾志偉風流成性，我嘿嘿笑：「那麼，閣下呢？」男人哪個不風流，不下流便可！

武打明星OK仔黃元申

香港電影圈裏，武打明星多如過江之鯽，有紅透半邊天的，也有寂寂無聞、半上不落的。我雖然是半個電影人，認識的其實並不算多，黃元申可說是其中一個。近日天氣反常，三月裏頭，寒氣逼人，天上微雨，滴在頭上，冷氣貫身，穿上羽絨，仍然哆索。天呀，十二度，怎會這樣地冷？晚來天欲「雨」，能飲一杯無？沒人理睬我這個寒士，獨飲無味，回憶最好，想起了黃元申。

為啥想起了他？大抵是有段日子曾經合作過吧？認識他，是一位女士牽綫的。一九八〇年間，一個相熟的女朋友在油麻地搞了間廣告公司，不知怎的，忽然想要伸展拳腳，拍攝電影，拉我負責搞劇本。那時候我在TVB（無綫電視台），忙得不可開交，想推。女朋友用哀求的語調說：「你當幫幫我吧，你寫劇本，是專家了，要多少錢？隨便說，唯一要求，希望能快一點把劇本弄出來，我就可以進行製作方面的工作。」有外快賺，當仁不讓。那時年輕，腦筋動得比火箭快，不用兩星期，就把劇本大致弄出來。女朋友一看，沒什意見，說還要給合夥人看一看，再作計較，這個合夥人，就是黃元申。

那時候，黃元申跟無綫的關係搞得不大好，沒什麼劇集可拍，於是想到拍電影賺外快。他把多年積蓄所得，跟女朋友合夥，開了公司，因而是半個老闆，自然有權參與劇本討論。這小子呀，一看劇本，意見就多過飯泡粥。看來對寫劇本，興致真不少。一開腔，歪着嘴，千挑萬剔，長江污水，滔滔不絕。一會說這裏不對，那兒有問題，十句話中，半數以上是批評，其餘一半，不置可否，很明顯，對劇本不滿。

年少氣盛，自然不服氣，不想女朋友夾在當中尷尬，也看在鈔票份上，不與他爭，惟有啞忍。可這個黃元申，完全不把我的不滿看在眼內，仍舊死命的提出個人意見，最後說：「你沒有真正的拍過電影，不會明白，劇本裏頭，有許多東西是不能拍電影的。」這句話，如雷灌頂，在耳邊嗡嗡作響，說實在的，到現在仍給我很大的啟示。真的，一個對電影拍攝工作完全沒有了解的人，肯定寫不好電影劇本，閉門造車，哪能弄出好成績！

漸漸地，我消除了對黃元申的成見，態度也變得積極起來，以期把劇本弄好。我的熱誠，終化干戈為玉帛，黃元申說話也客氣了不少。就在劇本朝終點走去的時候，禍起蕭牆，女朋友約我酒吧夜酒，苦着臉：「西城，對不起，電影拍不下去了，別問原因，總之原因多多，只能對你說一聲對不起。」隨手給了我一萬元：「少少薄禮，不成敬意。」綿綿纖手，跟我相握。軟玉在手，飄香襲人，我還能說什麼？上帝，認命吧！

黃元申有個綽號叫「ＯＫ仔」，聽來怪怪的，原來他很有義氣，愛幫人。人家叫他幫忙做什麼，他總是義無反顧地應着：「ＯＫ，ＯＫ！」日長時久，人人叫他做「ＯＫ仔」。於是我也和應，「ＯＫ仔ＯＫ仔」的叫個不休，他咧嘴而笑，毫不介意。OK仔很看重權勢，告訴我有一回他駕着一輛汽車在馬路上飛馳，突然紅燈亮，來不及煞掣，撞到前面的汽車。這可惹怒了對方車上的人。前面汽車走下兩個大漢，怒氣沖沖奔到他車前，吆聲喝打。其中一個，彎低腰，用手大力拍車窗，隔着玻璃看到他，頓時一怔：「咦？你……你……你不是小魚兒黃元申嗎？對不起，沒事了！」黃元申說這就是弱肉強食，如果不是在銀幕上給人一種「很能打」的形象，怕必遭凌辱。

同樣說話，獨臂刀王羽也說過，他們兩個是同路人。那麼，OK仔真像王羽那樣能打嗎？斬釘截鐵告訴你：功夫是有一些的。電影製作人吳思遠有點兒欣賞他：「我拍《餓虎狂龍》，黃元申來試鏡，我一眼看過去，發覺他的眼神很靈活，就讓他在電影裏，飾演陳星的助手。後來他又拍了不少我的電影。」

一九八一年黃元申轉投麗的電視台，拍了《大俠霍元甲》，打進中國內地，黃元申成為家喻戶曉的紅星。名與利使黃元申陷入迷茫的漩渦，心理失去平衡，研讀佛經以自救，開始篤佛。一九八九年，突然離開妻子與兒女，在大嶼山寶蓮寺削髮為僧，法號衍申。妻子不捨，多次到寶蓮寺找他復合，終未相見。紅遍大江南北的明星，一眾導演哪肯放過他，搶着找他拍戲，朋友亦勸他回歸演藝界，黃元申鐵了心一一拒絕。二〇〇五年，黃元申忽然蓄髮還俗，離開寶蓮寺，移居美國生活。二〇一三年，黃元申偕同兒子黃吉樑回到內地居住，對香港已無留戀。權力與佛法，選擇了後者，是黃元申最大的福份。

● 黃元申在《大俠霍元甲》的劇照

《龍虎風雲》裏的朋友

有個電影界的朋友問我，認不認識李修賢？我幾乎笑出聲來，大概他沒看過《龍虎風雲》吧！我跟李修賢同場飆戲有好幾場，他演阿虎、我演排骨，怎會不認識？不過我回說：「是似曾相識。」朋友聽來，一頭霧水，要求作進一步解釋。

我做人原則，素來是「斬釘截鐵」，絕不模棱兩可。我跟李修賢真的不大熟悉，拍完《龍虎風雲》（一九八七年）後，鮮有來往。大約是八十年代，李修賢還在邵氏，跟硬漢王鍾、王青等走在一起，他們幾個人志同道合，想拍自己心愛的電影。幾經辛苦，構思了一個劇本，送呈電影公司過目，左等右等，過了不少日子，方有眉目。李修賢雀躍萬分（運程來了，好好把握！），立下心願要把電影拍好。那部電影好像叫做《Friend過打Band》（一九八二年），描寫警匪衝突，是小製作中，成績突出的一部，掀起了一股警匪片熱潮。李修賢從此踏上導演之路，可他雄心萬丈，並不滿足於小片成績，一心想攀天梯，弄個得獎電影嘗嘗。有一天上午，無雲無雨，卻也不算天朗氣清，我跟黃栢文應邵氏製片温柏南之邀，到太平洋酒廊為李沛權的《鬼域》補拍序幕。正巧修賢來看望栢文，拍攝完畢，我們同到德興街後巷茶檔喝咖啡。李修賢對電影十分熱誠，他說想了不少故事，都是關於警匪的，如果有老闆撐腰，他會自己來拍。從他的言談中聽來，似乎還未找到老闆。壯志難伸，是十分痛苦的事，這種心情多年來一直困擾着我，因而暗自對修賢生了一種真摯的同情。

後來，李修賢終憑永佳的《公僕》（一九八四年）成了名，奪得金馬影帝，為他的電影生涯展開了燦爛的一頁。八七年我拍《龍虎風雲》，跟修賢重晤，他還記得過去的事，說：「時間過得真快，想不到我們有機會合作。」

李修賢對演出十分在意，不時對合演的人指指點點，有人笑他做慣導演，即便做演員，也不忘指導演員演戲。其實這是一種職業病，每個人都會有的。李修賢的認真，讓他踏上成功之途，收穫來自辛勤，別無捷徑。《龍虎風雲》後，李修賢跟周潤發又合作拍了《喋血雙雄》（一九八九年），得到極高的評價。周潤發因此進軍荷里活，李修賢留港繼續拍攝警匪電影，得到了「警匪大導演」的榮譽，很多人以為他曾經當過警察呢！

通過《龍虎風雲》，我認識了同拍一片的電影同輩和前輩：孫越、黃光亮、方野、朱繼生，其中方野給我印象很深。誰都知道方野是泰拳高手，泰拳是泰國國技，卻一直不受香港國術界待見，以其粗鄙野蠻，難入正統。偏偏有這麼一年，一班香港拳師遠征曼谷，行前滿懷信心，誓言要把泰國拳手打趴。豈料一經接陣，頭破血流，節節敗北，不堪一擊，成為香港拳壇恥辱。經一事長一智，泰拳遂受重視，漸在香港興起，不少青年慕名學習，旋即成為熱門拳術，鋒芒盡掩其他門派。「我的朋友」香港泰拳之父方野也許是第一個把泰拳帶到香港來的教練。方野是潮州人，童年在泰國渡過，習得一手好泰拳。跟他聊泰拳，方野說：「泰拳重實際，不尚花招，表演起來，並不好看。」

方野開宗明義闡述泰拳要旨：「跟人搏鬥，泰拳首要目標，就是虎眼一瞪，不怒自威，誓要把對手幹倒，時間愈快愈好，絕不能拖。」方野律徒至嚴，強調快、狠、準，不可苟且偷懶：「沈西城，你知不知道在泰國，兒童一般七、八歲就學習泰拳，首先是踢樹，要把樹的樹皮踢到斑爛剝脫，才可晉級。」嘩，直把我嚇了一大跳，難怪香港拳手受泰國拳手一腳，已痛至不能提起腿來。

年輕時，方野好勇鬥狠，他說：「說你聽吧，我一聞到泰拳的氣味，就發狂，非打不可。不過，不一定是打架，而係上擂台比武。誰都知道泰拳流行打擂台，不少窮家子弟練泰拳，就是用來賺錢。」方野也是這樣嗎？不不不！他只是為了滿足自己的興趣而打擂台，名重於利，所以功夫學得特別精。跟方野講泰拳，他即時會扭動身形，擺出架子，「膝撞」、「批踭」、「直蹬」，兩尺以外，也聞到拳風虎虎。那時方野已屆中年，拳腳還如斯凌厲，中他一記，肯定倒地不起。

方野的拳賽生涯十分艱苦，曾給打斷鼻骨、踢掉牙齒，幾乎什麼傷都受過，這麼慘，既不為錢，為什麼還要打？方野笑道：「有人喜歡打麻雀、看電影、跳舞、我就是喜歡搏擊，幾天不打，就不舒服！」言猶在耳，方野已離我們多年了，想來如今在天上，方野大哥應該還在練泰拳自娛吧！

●《龍虎風雲》電影海報

一代武俠片大師劉家良

小時候，最喜歡看的粵語電影是黃飛鴻系列，關德興飾演的黃飛鴻，出拳踢腿，氣勢凌厲，一聲暴喝，猶如虎嘯，群魔辟易。牡丹雖好，仍得綠葉扶持，有了曹達華、石堅、西瓜刨、劉湛、吳殷志等性格演員匡助，星月爭輝，格外精采。數十年來，電影、電視拍逾百齣，成就歷史傳奇。哎唷，險些兒漏掉袁小田，是僅次於石堅的歹角。

初看沒留意，袁小田背後許多時跟着一個小流氓，不知姓名，頭戴一頂瓜子歪帽，洞開衣襟，咧嘴邪笑，猥瑣淫穢。身形不高，打起來，插眼撩陰，凶狠異常。誰呀？看演員名單，方知他叫劉家良，乃片中飾演豬肉榮劉湛的公子。

劉湛是豬肉榮林世榮的徒弟，林世榮是黃飛鴻嫡傳弟子，算起來劉家良就是黃飛鴻的曾徒孫，正宗洪拳傳人。邇後，黃飛鴻片集沒落，眾人星散，劉家良仍然混跡電影圈，跑跑龍套，演演閒角，勉強過日。七十年代，武俠電影大師張徹風雲邵氏，看中劉家良、唐佳，提拔為武術指導，劉、唐合璧，塑造了不少名作。後來跟張徹鬧掰，劉家良轉當導演，拍少林題材，起用誼弟劉家輝，剃了光頭當和尚，一部《少林三十六房》，潛龍飛天，登上青雲路，從此成為一代大導演、洪拳宗師。偶然粉墨登場，一拳一腳，剛健疾勁，皆具法道。銀幕上虎虎生威，有人問銀幕下又如何？能打否？當然能，可他不喜歡打，重武德，此所以很少聽到劉家良跟人滋生事端的新聞。

劉家良當了導演，跟髮妻感情忽生變化，他戀上小妹子翁靜晶。兩人相距卅年，卻阻撓不了愛情火花猛烈地燃燒。說也奇怪，自從認識了翁靜晶，本來衣着樸素的劉師傅，忽地新潮起來了，衣着趨時，站在時代尖端，這樣一看，兩人的距離的確拉近了許多，乍看還很有夫妻相哪！許多年前，在一個宴會裏偶遇劉家良師傅，打扮新潮，不覺其老，趨前請教長生法門。劉師傅笑說只要心境開朗，怎會老？那時候我不過三十多（現在要乘二了），距離老，還有一段遠路，心情一直開朗，劉師傅的話不在心上。

我曾在一篇文章裏，這樣寫過——「劉家良在電影圈裏，混了一段頗不得意的日子，遠在五十年代黃飛鴻揚名立萬時，已開始做演員，跟在石堅、袁小田背後，是出先死先茄喱啡，遭人呼喝。倘若不遇到恩人張徹提拔，出任武指，自不會有明天。當紅時，劉家良三個字，成為賣座保障，東南亞片商，一看到有劉家良的名字，爭先恐後地要買片。呦！武指名字居然可以賣埠，劉家良紅心大熾，何不自己當導演試試看呢？於是脫離張徹，拉攏劉家輝、劉家榮，組班拍戲，便是名滿影圈的劉家班。佳作如林：《洪熙官與陸阿采》、《少林三十六房》、《新最佳拍檔》、《十八般武藝》、《武館》、《少林搭棚大師》、《瘋猴》、《爛頭何》、《南北少林》……終成為七十年代一代武俠片大師。」

劉家良的武俠片，有一股凜然的正義感，宣揚武術，卻不強調血腥報復，為武俠電影開創了一條新路綫，成為七十年代後期武俠片的主流。其中描寫少林武功的電影，風靡了萬千影迷，即使在中國內地影壇，亦能掙得崇高地位。

好景不常在，好花不常開，邵氏收縮製作，劉師傅英雄無用武之地，少林電影走向衰退之路。

要知道拍少林電影，要有廠景，換言之，要備有片場。環顧當時的香港電影公司，夠條件的，只有一家嘉禾，不過嘉禾有成龍，佔用影棚多，根本騰不出空廠房，劉師傅要拍少林電影，談何容易，困難重重，成龍不放手，就沒有多餘廠房。幸好，劉家良是一個安於命運的人，不做導演，做演員，他演戲，別有一格，粵人所謂「有型有款」是也，儼然一代宗師，我曾對圈中導演說過：「劉師傅的潛力還未給完全用出來，如有好劇本，他一定會更上一層樓。」可惜後來劉師傅健康欠佳，體力不支，漸處於半隱退狀態。

跟劉家良談話是一種人生樂趣，我曾訪問過他，豪邁果斷，重義輕財，全盛時期，不少弟兄跟他討活，他都能一一照顧。從影幾十年，劉家良最大的收穫，大是晚年得到了一位紅顏知己。跟翁靜晶的往來，起初頗招人非議，換作別人，大多扛不住，急流勇退，掛冠而去。可劉家良甘之如飴，我行我素，對翁靜晶，是打自心底的愛護，噓寒問暖，百依百從，而自小出名反叛的翁小姐，卻也付出真情意，脫胎換骨，温文賢淑，柔情似水。劉師傅大去之日，仍舊伴在身邊，教世人跌碎眼鏡。現在想起來，世事變幻，劉師傅走了，我的學弟劉家輝（同讀筲箕灣慈幼學校）中風後，住在老人院，孤家寡人，生活寥寂，一切皆命！說真的，家輝學弟，你還沒教我打那套「虎鶴雙形」呢！

● 劉家良執導的成名作《少林三十六房》

追懷邵氏影城的朋友

每到一年之末，都不由地追懷起以前的朋友，五十年前有幸為香港荷里活「邵氏」電影公司做過一陣子蹩腳編劇，跟幕後人員有過一段交往，不妨趁舊去新來，緬懷一番，留作夢影。

有人問：「沈西城，你可認識六嬸方逸華小姐？」我打趣說：「我認識她，她未必認識我。」朋友笑了：「別太謙虛，我知道你見過她。」「行！那就算我認識方小姐吧！」方逸華，人稱「小姐」而不名，她亦甘之如飴，一聽「小姐」就知人家向她打招呼矣！誰都知道小姐昔日是香港有名的女歌星，最擅中詞西曲，一首《蜜月佳期》，聽得周郎折腰。駐唱都城夜總會時，吾母常帶我往探。許多人都以為小姐會以歌唱作終身職業，不料忽然來個一百八十度突變，投身電影圈去了。許多人對小姐此舉，很感詫異，對電影，她乃門外漢，除了曾經為電影作過幕後代唱，或偶爾客串一兩個鏡頭外，跟電影毫無牽涉。憑此履歷，居然君臨影城，難怪背後嘖有煩言，「邵氏」中人，對小姐能力頗有懷疑。小姐進入影城，說出來，你不會相信，初時竟然沒有任何明確職位，雖在製片部工作，沒人知道她到底居何職銜。似無權實有權，一人之下，萬人之上，精神奕奕，去弊除習，影城煥然一新。新來舊去，鄒文懷、何冠昌、梁風走了，既含恨而去，對小姐自多有微言，責她剛愎自用，不能容人。是否如此？我跟她接觸後，發覺純是美麗的誤會，食君之祿擔君之憂，小姐聽從六叔之命，斧削陋習，當為老臣不滿。事實上，小姐對人十分和藹，不論生張熟魏，皆客客氣氣招呼。那時我在「邵氏」為華山寫《鹿鼎記》劇本，有人告訴我最難通過小姐這一關，原來小姐對劇本很有研究的興趣，每在開拍一部戲之前，習慣先把劇本過目。

我的《鹿鼎記》劇本送了上去，過了許久，才得到回音，奉小姐諭：「還可以，要待修改一下。」(交由司徒安覆核)小姐很熱心，特地把我跟導演華山、李柏齡等，請到她清水灣的碧沙別墅家裏吃飯，順便談劇本。她也一起傾談，嘩啦啦，提供不少意見。倦了，和衣隨地一躺，呼呼入睡，豪邁灑脫，哪有什麼老闆娘架子！一次，忍不住問：「知不知道外間對小姐頗有說法？」笑着回答：「由他們說去吧，反正我不是便行了！」小姐做事十分認真，卻也有孩子氣的時候，倦了，隨地一躺，天真爛漫，高興時，也會哼上一兩句，這才是真正的方小姐。

說到小姐，不能不提華山。云云邵氏導演中，小姐對華山的印象不俗。華山跟我是同鄉，我們合作了一部《鹿鼎記》，後來又傾談慕容美的《燭影搖紅》，曾經有過一段時期，我耽在他美孚家裏構思劇本。那時華山尚在邵氏，卻獲准外借恆生，惟不能沿用華山之名，只能用華一泓。不過除了小部分人不知情之外，影圈中人都知道華一泓就是華山，導演手法無論怎麼變，瞞不過觀眾雪亮的眼睛。華山攝影師出身，跟過賀蘭山(西本正)，鏡頭很考究，度劇本時，每以此為本，務求做到盡善盡美。我告訴他，劇本之外，還得講究戲味，他點頭不迭，到頭來卻把我的提議拋諸腦後，當作耳邊風。因此劇本度完又度，不知彼岸何處！兩個月，都無法寫成，氣得老闆瞪眼跺腳。

華山怕羞，對太太愛情專一，心無旁騖，就是多看女人一眼的事，也不大有。有人告訴他某某女星對他有意，聽了，連連擺手：「勿要瞎三話四！」跟住脖子就漲紅了。華山在邵氏時，跟桂治洪、孫仲同屬少壯派導演，小姐看重他，建議他多拍電影，可惜好劇本難求，往往自動減產。減產多少影響收入，換上別的導演，肯定經濟失控，華山卻不會。他有一個好太太，把片酬悉數儲蓄起來，存之銀行，有入無出，安居平五路，高枕無憂。華山樸實忠厚，以為無趣可談，卻是有之。有一趟，大夥兒度完橋，去尖沙咀酒家晚飯，眾人據案大嚼，杯上杯落，盡抒積悃，獨華山愁眉苦臉，悶悶不樂。我問他幹什麼？他用手按着嘴角，低聲說：「阿弟呀，我袋袋裏面只有一百隻洋呀，哪能埋單？」原來華大嫂每日只給華大導百元零用，超越此數，老公，你自理！沒法子，只好劈硬柴（湊數）。

此刻除夕夜，女強人方小姐、畏妻家華山都不在了。除夕夜，獨困孤樓，彷彿聽得小姐的歌聲——「春去秋來，時光荏苒，憧憬已渺，夢兒已殘。小船啊小船，不復昔日的光輝燦爛。經過風暴，涉過險灘，盛滿時光，載滿苦難。……」

瓊瑤女史的詞，你能寫得出來嗎？小姐眾曲中，我獨喜此首，跌宕低迴，人間罕有。可以談話的好哥哥、好姐姐，影蹤早渺，小弟能不寂寞嗎？

蕭笙叔與我的奇緣

寒氣北來，小雪早過宜添衣。白駒過隙，蕭笙去世已二十年。凡在電視台工作過的人，沒有不喜歡他，德高望重，都尊稱他一聲：蕭笙叔。在電視台，能被尊稱為叔者，並不簡單，必須具備下列幾項條件：年齡起碼超越五十；為人慷慨大方；和藹可親，不易發脾氣。須知電視台工作，爭分奪秒，劇集未能依時起貨，身為監製要負重責，焉能不急？一急，自然易發脾氣，親眼目睹某監製戟指怒罵在場工作人員，被罵者漲紅了臉，我怕他爆血管。蕭笙叔縱然是老經驗監製，人算不如天算，也有馬失前蹄的禍事，換了旁人，定必大發雷霆，罵個不已。咱蕭笙叔只置諸一笑，和顏悅色，盡量設法度過難關，不讓跟隨他的工作人員擔驚受怕。

就憑這種中國人的傳統道義，年過知命的蕭笙，仍能在電視圈裏跟年輕人比肩，屢屢創佳績。回顧那年代，能跟他並駕齊驅者，怕只有天林叔（王天林）、左几叔了。可天林叔、左几叔，桄榔樹一條心，是TVB、麗的不貳之神。蕭笙叔不同矣，「周遊列國」，三家電視台都當過監製。而論表現，當推在麗的那個時期，一齣《天蠶變》，帶起武俠劇風雲，震撼整個電視圈，從此，蕭笙叔、武俠劇，不分你我。

據說拚命三郎麥當雄是蕭笙的學生，以此尋問，他謙虛地回答：「我們互相切磋研究，朋友而已，說不上師生關係。」在麥當雄權傾麗的時，能夠這樣說，可見蕭笙叔頗能摸透當紅人物的心態。一個人成了名，大多怕人揭他底牌，即便師生，若然對方不提，自己也犯不着臉上貼金，深明此理，難怪可以屹立不倒矣。

在麗的時代，監製、編劇人員流行集宿度橋（思考情節橋段），我便曾經隨隊去過大嶼山長沙，兩日兩夜，效果不俗。到了無綫，蕭笙叔照辦煮碗。他在無綫的第一個劇集就是《天龍八部》，為求工作效率，向高層劉天賜申請到廣州中山温泉度橋。公文呈上，久久未獲批覆。蕭笙急了，就向旁人打聽。得知無綫不作興集宿度橋，這時方知自己「表錯七日情」。無綫、麗的，制度有別，兩者根本不能混為一談。可公文已呈，總不能撤回，想想萬一不批，顏面何存？

蕭笙叔急了，只好望天打卦，心唸阿彌陀佛，我佛慈悲，打救一下我老蕭！菩薩終顯靈，不久，批文下來——「照准」。不過不是中山，而是隔鄰梳打埠——澳門。（唉！好過無！）大大鬆了一口氣。有人告訴我能夠獲批，全憑賜官之力，他說：我們千方百計邀得蕭笙叔過檔，這個面子總不能不給吧！莎姐（無綫電視台高層周梁淑怡，英文名莎蓮娜）拍板說：You are right, Mr Lau!

《天龍八部》集宿大隊，連蕭笙叔、編劇等在內共八人，早上風和日麗，浩浩蕩蕩開到澳門，豈又遇上禍事。清風送爽，正是旅遊旺季，竟然找不到好酒店，迫不得已下榻峰景酒店。十九世紀建築物，南歐風情，古氣盎然。只是年久失修，幽幽森森，夜來風聲，窗門格格作響，窗外烏鴉淒啼，恍如鬼域。膽小者，毛骨聳然。反斗老童用武有地，趁住房燈陰暗之際，大講鬼故事，聽得我等遍體生涼，他卻笑嘻嘻，自得其樂。頑童本色，躍現眼前。

澳門是賭城，入鄉隨俗，晚飯後，跑往觀光。蕭笙叔賭錢，注碼忒「大」，十元（當時十港元折合約一點三美元）起，五十元止。先在賭枱邊，仔細觀察了十來分鐘，阿叔出手了！第一鋪，十元押小，一二三，中個正着。第二鋪夾疊，二十元，照常買小，運氣好，又中。同事趙志堅誇他眼光神準，蕭笙叔，頭一抬，嘴一翹：「那還用說！」

又等了兩鋪，出擊。只見他從褲袋挖出一張一百元，擲向賭枱，大喝一聲「大」。人人側目。「咦，你不是蕭笙叔嗎？」「蕭笙叔，你在拍什麼？」「賭錢不談拍劇，贏錢最緊要！」蕭笙叔一本正經。

賭客見蕭笙叔買大，人人跟風。開呀，「雙三七，十三點大。」女荷官拋着媚眼，望住蕭笙叔：「老闆請飲茶！」

這是葡京賭場的惡例——十抽一。好個蕭笙，眉頭一緊，說：「好呀，下鋪吧！」已把錢攥在手裏，氣得女荷官杏眼圓睜，狠狠地盯着眼前這個糟老頭。「傻瓜才理睬你！」蕭笙叔轉身離開賭枱，得意洋洋地說：「沈西城、趙志堅，各位手足，去宵夜，蕭笙叔請宵夜。」

趙志堅心有不甘地問：「那麼快就走？」

蕭笙叔白他一眼：「割了禾青（在禾未熟的時候就收割，意即在賭錢時，一贏錢就走），還不走幹麼！」一行走去大排檔，鹵水鵝翼、豆腐乾、大腸、大眼雞，再加半打啤酒，杯上杯落，笑語盈盈，吃過不休……長街夜色涼如水，街角流鶯啼不住，美酒不能壯色膽，咱等捧肚回酒店。

今夜月當頭，眼前晃着阿叔周伯通式的模樣，恍然大悟，原來他一直在我心中！

蕭笙叔

瘦小的巨人新馬師曾

涼風有信，秋月無邊，虧我思嬌情緒，好比度日如年……《客途秋恨》，老香港都知道新馬仔（新馬師曾）唱得好，也有人推許原唱白駒榮，各有千秋，難分軒輊。我較傾向新馬仔，悲沉委婉，低迴悒泣，聽者動容。我師賴本能，懂粵曲，道：「唱《客途秋恨》者多，以新馬仔居首。」至理名言，並無偏袒。

六、七十年代，香港有兩大善人，鄧肇堅爵士、伶王新馬師曾。爵士振臂一呼，巨賈解囊；伶王一動油喉，善款紛至，窮人得益，咸稱彼等為「活菩薩」。八十年代初，某日跟祥哥（新馬仔原名鄧永祥）夜茶，興之所至，我拍馬屁，叫他「活菩薩」。祥哥臉色驟變：「兄弟，千萬不要這樣叫，折壽的，人怎同菩薩比？」哎呀，馬屁拍在馬腳上，羞愧莫名。

說到做善事，祥哥興趣來矣，縷縷細述：「我一向喜歡幫人，年紀輕輕就樂於做善事，長年累月，養成習慣，不做善事，通身不自在。」祥哥啜了一口茶，娓娓道出做善事的因由，乃是受呂祖的感染。「我很年輕就信奉呂祖，善有善報，既有能力，為何不幫人呢？」因而在生之年，每年都為東華三院義唱籌款，到底籌了多少？祥哥攤攤手：「我不知道，總之不會太少吧！」曾有人說道，東華三院一半善款來自祥哥。嚇得祥哥顫着聲音說：「千萬別這樣說，眾志成城，眾志成城呀！我只是略盡綿力，無足掛齒。」原來祥哥也有謙虛時。

話風轉，講到武功，立即判若兩人，自詡武功一流。別看新馬仔身形矮小，弱不禁風，猶如病壞書生。你若作如是想，欲欺他一把，那就糟糕了，原來我們的祥哥可是國術好手，少年時，頑皮好動，是名副其實的「打架天王」。

看到我略皺眉頭，知我心意，祥哥就問我：「可有聽過格三星？」我搔頭不明所以。白了我一眼：「唉（怪我不曉事），就是手腕擋手腕嘛！在片場跟武師格三星，沒人贏得了我！」見我不大相信，新馬仔紮馬，捲衣袖，露出鐵硬的手腕，任由我摸。媽呀，真的硬如鋼鐵，實如喬木，不信也得信。曾有洋督察不禮貌於他，向他動粗，一格一推，即成倒地葫蘆。武功以外，桌球（台灣稱撞球）也有一手，跟他作賽，等同送錢請他宵夜，智者不為，我們這班小嘍囉，都是智者，服輸自有宵夜吃。你服輸嗎？哈哈！

新馬仔幼年失學，識字不多，能握管為文，面對粵劇劇本，亦可背誦如流，一字不誤，這便是天賦。祥哥合十，感激雙親。祥哥寫的連載自述文章，我曾拜讀，便是發表在七十年代沈葦窗先生主編的《大成》月刊，文筆順暢帶雅趣，敘事描人最傳情，我每期必讀。工作忙，還寫傳記，不怕辛苦？慨嘆地說：「我能夠寫文章，全靠自修、記字，一個字一個字地記，不懂便問人。寫自傳，是老吉兄的催促，每一期寫好，交他過目，修訂，這才發表，幸好沒有貽笑大方。」老吉就是沈吉誠，沈葦窗的胞兄，滬、港梨園名人，是新馬仔的摯友，否則拉不到伶王寫文章。

鄧爵士去世後，新馬仔接班成了為數不多的大慈善家。一九九七年，新馬仔不幸病逝，自此香港少了一位慈善家。

近日涼風起，想起《客途秋恨》：「涼風有信，秋月無邊，虧我思（祥）哥情緒，好比度日如年。」七十年代中跟女作家孫寶玲在「文華」喝咖啡，說粵劇，聊到《客途秋恨》、《光緒王夜祭珍妃》，寶玲姐認為僅以《客途秋恨》說，白駒榮勝於新馬仔，何解？於粵劇，寶玲姐是專家，自有她理據，嘆口氣說：「不是說祥哥唱得不好，而是懶音太多，不夠乾淨。」不置可否，藏在心裏。

湊巧，八十年代初，好兄弟正廉君當了祥哥保鏢，而我又得替《明報周刊》去採訪祥哥，他便帶我往訪祥哥摩利臣山道永祥大廈頂樓公寓，在一寬敞的睡房裏，見到祥哥，穿着格子睡衣，躺在一張大床上，祥哥跟我聊了一會，了解了我的背景、目的，便要我坐在床邊，好好談起來。

每年十二月，祥哥都要為東華義唱籌款，成為壓軸節目。不知何故，那一屆，所有名伶全退演，只剩下祥哥一人獨挑大樑。主辦單位心驚膽顫，手足無措。祥哥三聲冷笑：「有祥哥，怕什麼！」眾人色變，卻又無言。這一夜，祥哥翻箱倒籠，拿手戲寶全抖了出來：《一把存忠劍》、《光緒王夜祭珍妃》、《萬惡淫為首》，甚至將難得一演的京戲《華容道》也亮了起來。紅臉，蟒袍，掛鬚，手握青龍偃月刀，活關公氣勢磅礴，聲震屋瓦，殺得善款滾滾而來。

粵人唱京戲，台下滬人大聲喝采，手掌拍腫。滬籍大亨解囊，本地名流力捧同鄉，祥哥打晚上八點一路唱至中夜始散，一人籌款所得，輾壓一眾名伶。義唱畢，已是深夜，祥哥回家宵夜。我問：「祥哥，你今晚怕不怕？」「怕什麼，應承人家的事，就一定要勠力演出呀！」從那開始，我給祥哥起了一個渾號——「瘦小的巨人」，只是他從不知道。

●瘦小的巨人新馬師曾

忘不了的牙擦蘇

看黃飛鴻電影，必然看到牙擦蘇，出鏡不多，漏口沙塵，異常搶戲，關德興、石堅以外，觀眾最喜看他。飾演牙擦蘇者，就是西瓜刨。我對西瓜刨留下印象，亦是自黃飛鴻片集始。那時我年方十歲，不時問帶我看戲的外婆：「牙擦蘇講話是否真的如此結結巴巴？」外婆不懂作答。八〇年底，我應王晶邀請到《邵氏》客串拍戲，做一個小角色，恰巧跟西瓜刨同場演出，因而結交為友。我問西瓜刨為什麼會拍戲？他回說：「撞彩啫，我本來在片場工作的，臨時給拉伕，不料從此上癮，一拍，拍了好幾十年。」

西瓜刨姓林名根，西瓜刨這個藝名是高佬泉給他取上的——「阿根，你啃牙，食西瓜最好，就叫西瓜刨啦！」於是人人叫他西瓜刨，林根無人識。西瓜刨這個藝名，讓西瓜刨成了名，五十年代，影壇數諧星，根叔必名列榜上。我問西瓜刨拍了這麼多部電影，哪一部最滿意？「世侄，仲駛問。梗係《黃飛鴻》啦！牙擦蘇嗰，有邊個唔識吖！」

真係夠哂牙擦！認識西瓜刨之後，謎團揭開，真人講話，流利勝我，絕無結巴。上銀幕，係裝假狗！

西瓜刨最喜歡賭馬，遇到賽馬日，拚命研究「馬經」。沒有電影拍，就會買齊全港所有「馬經」：《虎眼》、《天皇》、《晨鳥》、《冷門》一一操在手中，跑上酒樓，研究去也。一盅兩件，二串三、三串七、四串十一，可消半日閒。買了這麼久的馬，到底有沒有中過？「哈哈哈，當然中過，只中小注、大彩池，孖T、六環彩，從未中過，唉！」嘆口氣，下趟又來過。抽根煙，道辛酸：「世侄，老實講，唔係賭，根叔邊駛出嚟拍戲呀！」

西瓜刨年輕時嗜賭如命，拍片攢來的錢，全都花在賭博上。常說賭博害人，卻又戒不了，天生賭命，奈何？西瓜刨健談，給我講過不少電影界逸事（實為醜事）。舊日電影界，階級觀念非常濃厚，大明星，小演員，不相往來，就是在片場，也是壁壘分明，不能逾矩。西瓜刨給我說了一個故事，許多年前有個小演員剛到片場拍戲，不懂規矩，拍了幾個鏡頭，覺得倦了，一眼瞧見身邊有張藤椅，就巴巴坐了下去。這一坐，可坐出來一個大頭佛，立刻有兩個彪形大漢奔過來，把他連人帶椅給揪起，舉拳就打。嚇得小演員呱呱大叫，幸好場務趕過來勸解，才得脫身。

原來那張藤椅是大佬倌專用，閒雜人等不得佔坐，小演員不知規矩，幾乎闖禍。除此，片場裏還有不少明文規定，大明星有專用茶杯，御用毛巾，而小角色只能十七八個佔用三四隻茶杯，大汗淋漓，手背就是天然毛巾。同是演員，待遇差距之大，不啻雲泥。

我跟西瓜刨拍的電影是《千王鬥千霸》，王晶處男作，大牌明星有謝賢、陳觀泰、汪禹、黃錦燊、黃杏秀；另外，叫得出名字的演員包括楊志卿，詹森、陳思佳、沈勞和黃清河。當中，楊志卿更是了不起，在上海已是名角兒，南來香港，

五、六十年代還是一級演員，跟李香蘭演過戲，李香蘭演潘金蓮，他是武松。可我看到他的待遇跟西瓜刨相差無幾，也是席地而坐，無毛巾供應，吃半冷半熱的盒飯，可憐兮兮地縮在一角。我敬佩他是演技派明星，主動上前搭訕。同是上海人，聊得投契，叫「埋位」，緊緊握住我的手，說：「小弟，你來白相，老哥唔嘸閒話講，如果想以此為業，那得想清爽。」繼而說出自己的辛酸。在邵氏成立初期，他還算吃得開，如今老了，戲愈來愈少拍，即便有，也不過是跑龍套，過過場。說得黯然，聽得神傷。拍好戲，他請我改天到他紅磡家裏吃飯。

說出來，不易相信，楊大哥做的菜不比啟超道的老正興差，獅子頭、炒鱔糊，吃得我老酒乾半斤，我跟楊大哥打趣：「倒不如想個辦法開一間正宗上海菜館好了，免受邵氏烏氣！」他呵呵笑起來：「小老弟，儂看得太容易嘞，啥人打本？（那時候還沒有私房菜）」看着楊志卿、沈勞、黃清河席地坐着，只等拍兩三個鏡頭，我鼻子一酸，兩行眼淚幾乎流了下來。在邵氏，你紅，像汪禹，便是皇帝，開嘍拉，不見人影，沒人敢罵。邵氏的階級觀念，我算是領教了！

那年除夕，跟西瓜刨遊九龍麥花臣花市，他買了棵小桃花，我笑他臨老入花叢，他大聲抗議：「傻仔，我點會求桃花運，我只望桃花入屋，明年中六合彩。馬就唔賭囉！」微雨紛飛，我們握手道別。轉身方走了十來步，背後叫住我：「阿沈，聽日有貼士，記得 Call 我！根叔旨意哂你！中咗，唔拍戲囉！」打道回府，心裏十五十六，明年要不要打電話給根叔呢？直到根叔去世，我仍然在銀幕上看到他，幸運之神一直沒有眷顧他！

西瓜刨林根

想起了鄭佩佩

前幾天，內地友人傳來一則通訊云：「鄭佩佩老師走了！」鄭佩佩者，香港一代武俠影后，我老大哥胡金銓高足也。六十年代初入邵氏，盈盈淺笑，纖秀可人，斷為青春電影最佳人選，夥拍張冲拍了《蘭嶼之歌》，劇情平平，並未引起注意。

爾後，胡大哥籌拍《大醉俠》，費盡九牛二虎之力，仍未說得邵老闆（邵逸夫，被尊稱六叔）給他開戲。因有《大地兒女》票房失利的前科，六老闆死活也沒為金銓開綠燈。胡大哥哭笑不得，跑去找誼兄大導演李翰祥，一把眼淚、兩行鼻涕：「嗚嗚嗚——翰祥呀，翰祥！你不幫我，我就活不下去了！」可把錦州大漢李黑嚇了一大跳，立刻奔向六老闆說項。

幾經辛苦，六老闆終於答應。綠燈一開，胡金銓立即着手籌備。劇本早有，不費神，如何拍？了然於胸。獨有女角，煞費心思。那時，邵氏最多的就是女明星，什麼類型都有，美艷的、妖媚的、青春的、淑女的……林林總總，任君挑。咱胡大導左挑右揀，上觀下察，挑上了十來歲的鄭佩佩。我好奇，問胡大哥這麼多明星當中，為何獨挑鄭佩佩？答得好：「哈哈，這你就不明白了，老實說，那時候，邵氏美女多如天上的雲，佩佩不是最美麗的那個，可她身上的那種靈氣、英氣，卻沒一個女明星有！直是《大醉俠》金燕子的最佳人選，我這個劇本彷彿就是為她而寫。」男主角是岳華，廣東人，憨厚樸實，一楞一巧，正好配對，生出火花。

在李翰祥監督下，《大醉俠》圓滿煞科，李黑吁了口氣。電影空前成功，鄭佩佩一舉成名，胡金銓乘勝追擊，欲開拍《龍門客棧》，不料碰了硬釘子。劇本薄薄數頁，送到六老闆面前，笑到眼淚水直流：「幾張紙，翰祥呀，哪能拍？」迫於無奈，到台灣找「聯邦」老闆張陶然，一拍即合，女主角順理成章是鄭佩佩，可邵氏不放人，女主角最終落在上官靈鳳身上。我問過胡大哥，佩佩姐可有後悔？胡大哥哈哈笑：「我怎知道！」反問我一句：「小葉，你如何看？」直言無忌：「用鄭佩佩，效果會更好！」

鄭佩佩，上海人，正直持平，不好誑語，昔影星陳厚跟樂蒂離異，天下女人罵之為「殺千刀」。獨鄭佩佩為彼辯誣：「陳厚是我上海小學同學，為人幽默風趣，心地不壞。可樂蒂是顧家千金，小姐脾氣大，兩人性格不合，肇致離婚。」不偏不倚，公允正義。友人說鄭佩佩：「這種女俠性格也有可能延展到她的現實生活中來，她用微笑替代了一切。」可說真確無誤。

鄭佩佩離婚後，一手撫養了四個兒女，是真正的女俠。此刻，女俠走了，離苦趨極樂，不再受病魔糾纏，何悼之有？

● 年輕時的鄭佩佩

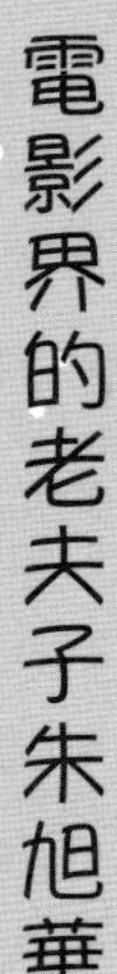

電影界的老夫子朱旭華

邵氏明星我認識不多，幕後人員往來則較密，如吳思遠、華山、李栢齡、黃家禧、朱旭華等，皆我良師益友也，其中以朱夫子旭華先生最得我尊重。他是熱血青年，大學畢業，已投身上海報界。抗戰勃起，領頭娛樂圈藝人巡迴演出各省、市，宣傳抗日，還以「朱血花」筆名在報上撰文痛斥漢奸宵小。戰後輾轉來港，先在大中華電影公司任廠長之織，六十年代受知於邵氏，執掌宣傳、製片等工作，成為邵氏不貳功臣。香港一地，一切講究宣傳，沒宣傳，商品銷路成疑，哪能騰飛！電影是商品，自然離不開宣傳，過往電影界有不少宣傳高手，朱老夫子是箇中佼佼者。

我認識朱旭華先生，是在七五年自日本回來後不久，那時，我在又一村一家出版社做事，老闆俞志剛跟朱旭華是同鄉，常有往還。那一年新年，一班人在老俞家裏吃午飯，他忽然提議去看望朱夫子。我曾在不少娛樂刊物看過關於朱旭華的報道，他是抗日英雄、愛國文化戰士，無限佩服，時想識荊，今有此良機，自是舉手贊成。一行五人，俞志剛、戴天、翁靈文、黃俊東和我，驅車直奔清水灣邵氏片場拜見。朱夫子棲寄在邵氏宿舍一室，面積千尺，寬敞雅緻，四壁書畫。朱媽媽好客，盛情招待，香茗、糕點不絕。朱夫子十分健談，話匣子一打開，滔滔如水收不住。從抗戰時代的娛樂圈談起，一路到七十年代影壇近況。「哪再會有胡蝶、周璇、徐來……」不住搖頭，無限唏噓。談興雖濃，黃昏日未落，我們告退。朱媽媽盛意拳拳，懇懇留飯，因早有約，未能應命，戴天鞠躬致歉。離別之際，朱媽媽送我們一行到門口，突然握住我雙手，誠懇地說：「小弟，你將來不得了！」我一聽，呆住了，咋會呢？說真的，那時我窮到四壁蕭條，出版社每月六百元的薪酬，根本應付不了正常開支，我得埋頭寫稿，賺取蠅頭小利外快，方可勉強度日。大抵朱媽媽看到我臉上的猶豫，拍拍我手，柔聲道：「小弟，我懂看人，決不會看錯。」謹記嘉言，心裏當然希望朱媽媽的話會應驗。時光荏冉，今古稀早過，半壁白髮，滄桑溢臉，卻真印證了朱媽媽的說話，成為一個略有微名的作家，過得比昔日好。今夜翹首向天，禱告：「朱媽媽，謝謝你，準得可以，我不會忘記你！」

朱旭華在邵氏，是老臣子，六十年代入職，負責製片和《南國電影》編輯工作。他慨嘆年紀漸漸老去，精力不夠，有時看大樣都會眼花，真想找個年青小夥子接班，可找來找去，都找不著。乍呢？原因有兩個：第一，邵氏影城遠在邊陲，路途遙遠，還未有地下鐵，出入殊不便。其次，邵氏的女明星愛爭風呷醋，不好對付。邵氏旗下的女星，一大堆，閃閃生光的巨星，多如繁星，大多都喜歡登上《南國電影》的封面，爭取更多影迷注意。好了，問題來矣，《南國》一個月只有一個封面，僧多粥小，填不滿美女的慾壑。每屆月中，眾星之媽必來編輯部追問下期封面是誰？是不是我的掌上明珠，心中寶貝？編輯不好對付，只好哭喪着臉，哀求朱夫子出面進斡旋解決。朱夫子德望高，三言兩語，輕輕把矛盾化去。可下個月又來了，如何辦？碰到朱夫子出差，編輯部大亂。左面坐着何媽媽，右邊站着李媽媽，中間還有我的媽！廣東編輯把燙手的山芋，遞給上海資深編輯，捧上手，嘸哂法子，只好說：「你們耐心等一等，朱夫子兩、三天後便回來，到時會有好安排，放心呵！」左拉右拽，總算把一班星媽哄出編輯部。何媽媽說過兩天我會再來，李媽媽不遑多讓，我也會來。好的好的，上海編輯打躬作揖：「曉得曉得！」她們走後，滿頭大汗。這樣搞下去，不累死才怪！於是朱夫子有了計較，除了多出一本《香港影畫》，還來個封面封底雙封面，一下子有四個封面，總算減輕壓力。編輯部同仝齊聲喊：「朱夫子萬歲，萬歲萬萬歲！」有了這個原委，刊物請人，許多人都不敢來應命，人難請。有那麼一天，朱夫子打電話到出版社找我這個小鬼，萬二分客氣地說：「我想請來我嘎雜誌當編輯，可以勿？」我受寵若驚，可心念轉動，還是婉拒了。第一，當然是星媽不易對付，其次是交通問題，我住北角麗池，路漫漫兮，長不好走。如果住宿舍，愛妻、女兒不方便，思前想後，只好教朱夫子失望。朱夫子量大：「好吧，我知道你有難處，這樣吧，你可以為我們雜誌供稿，好嗎？」變相是關顧我了，當然好，有稿費賺唄！

朱夫子治事認真，每篇文章都經他法眼，一字不錯，如斯敬業樂業的前輩，如今難有。八八年四月卒，享壽八十二。噢，忘了告訴你們，他的媳婦是大美人鍾楚紅！

●電影界宣傳高手朱旭華

漫談昔日國、粵語影壇的奸角

今日，好戲的香港反派演員，愈來愈少。在六、七十年代，奸戲演得好的、演得精的，大不乏人；國語影壇，更是人才輩出，十根指頭數不完。六十年代中期，一天周末，我冒雨從北角麗池跑到尖沙咀寶勒巷探望章仲雲伯伯。章伯伯本是我家樓上舊鄰居，後來搬到尖沙咀，要我過去打牙祭。那時，交通隔涉，從北角去尖沙咀，有如一段中程旅行，很費時間。我乘二號巴士到中環，由天星碼頭過海，安步當車，花去十五分鐘才來到寶勒巷，那是一條不長不短的小路，兩邊是四、五層高的舊房子，沒有電梯，只有樓梯，很有昔日上海西藏南路老房子的樣貌。章伯伯住三樓，不算太高，年輕腳力好，倘是現在，那就糟了，走完三層樓梯，不腿軟腰疫才怪！

章伯伯那時改行做古董生意，大客廳裏放滿各式各樣的花瓶和人像字畫，彩色斑爛，琳瑯滿目，我看得歡喜，可不懂它們的來歷，章伯伯一一向我解釋，那些是元朝清花瓷，那些是明朝粉彩、清代琺瑯器皿。其實我不大喜歡瓷器，我欣賞的是繪畫，張大千、齊白石、豐子愷……小學時，美術老師何健教我素描和水彩風景；中學，黃鶴屏老師教我們人物描繪。我掌握了基本技術，曾仿《星島日報》星期天彩頁上伍寄萍所繪的《三國演義》，畫了幾幅人物，給母親見了，問是誰畫的？我坦然說：「我畫的」，母親不信，怪我撒謊，她說我兒子這麼頑皮，哪會懂得寫畫！氣我胡言亂語，賞我一頓「籐條炆豬肉」，雙腿留下斑斑藍印，痛不在身，而在我心，從此跟繪畫絕緣，一個偉大的畫家，從此落幕。

看了一會，碰巧章伯伯有事外出，囑我一個人坐一下，隨便看看，我有點兒尿意，找洗手間，去了出來，看到長廊盡頭的一個房間，門半開着，裏面有一個中年人，披着棗紅睡袍，在來回踱步。一看，面很熟，再看，呀！那不是邵氏性格演員李影嗎？李影是「邵氏」老臣子，以演陰沉狠辣的角色馳名銀壇，原來他向章伯伯租賃一斗室隱居於此。李影大抵也看到了我，跟我招手，示意我進去坐。一談起來，原來他跟翁靈文叔叔是老朋友，於是格外親切，談興更濃。我才知道，以李影叔叔的地位，在「邵氏」的收入，也是僅堪餬口，原來做演員，並不一定能過我們觀眾心想的那種「富貴」日子。「也不是不可以，」李影淡淡的說：「紅到像李菁、林黛、陳厚那樣，日吃鮑魚，晚進魚翅，輕鬆平常。」

李影的奸戲演得極好，跟他齊名的，還有洪波。洪波演小人，跟李影有點兒不同，很臉譜化，較易引起觀眾的共鳴，尤其是他在朱石麟導演的《清宮怨》演李蓮英，那種對住慈禧的訶諛奉承，對待下屬的挑剔刻薄，觀眾無一不咬牙切齒。洪波好艷福，太太是艷星李湄，後來不合離異。日落星沉，洪波在香港影壇不好混，去了台灣，生活流離，跳橋自盡。除了李影、洪波，善演奸角的還有姜南，他是高寶樹的丈夫，人很厚道，銀幕上跟銀幕下，完全是兩個人。洪波我沒見過，李影、姜南都是我長輩，人和氣得緊，想不到他們把奸角演得如此刻骨入微！恨得觀眾幾乎要跳上銀幕把他們殺掉洩憤。

粵語影圈裏也不乏一流奸角，隨手拈來，便有石堅、姜中平、曾楚霖、金雷、劉克宣。我見過最難忘便是石堅，我管他叫堅叔。銀幕上他奸得讓人髮指，私底下卻是一個好好先生。小友方文強是他紅磡鄰居，說堅叔是一個十分和藹可親的長者，教他做人要盡本份，要有良知。堅叔是國術高手，精通南北武技，一手羅漢拳舞得虎虎生風，出神入化，在黃飛鴻的電影裏，關德興石堅是生死對手，電影完結前，必然來一場生死爭鬥，往往是堅叔慘敗於關德興之手，跪地求饒，誓言改過自身。武林前輩一次茶聚告我：「真的交手，關師傅起碼技遜半籌。」前輩率直不打誑，可信。若論時裝奸角，第一把手，必然是姜中平。光藝電影公司主力演員，謝賢、嘉玲、姜中平，星馬賣座保證，演技內斂，笑裏藏刀，陰惻惻一笑，觸之不寒而慄。左几論演技，有云：「石堅外露，臉譜化，觀眾卻喜之；姜中平內斂，好陰毒，觀眾恨之不能忘。」當然無法忘記劉克宣，內外兼備，神級奸角。是我好友劉志榮父親，粵劇大老倌，老馬腔幾可亂真。劉克宣在生時，四位紅粉，一枱痲雀，無吵無鬧，和氣生財，你我皆學不來。數數看，以上奸角盡皆捨吾等晉極樂，後繼難有人！千秋萬歲明，寂寞身後事，生人為過客，死者乃歸人。如今歲月，誰還記得石堅、劉克宣、姜中平？獨西城還在念！

星光流影六十年

苦雨淒風惱熬人，正恨無處尋趣，譚螢螢小鳥般地翩然而至，消我閒愁。伊人是誰？電視女藝員？身份哪有如此簡單，說你知，便是播音王子譚炳文千金。那年代，我跟炳文哥結伴，夜夜聽他廣播。童騃時，我的平日娛樂，僅有兩項，一是聽廣播，二是看電影。廣播免費，列為第一，最喜歡袁報華和譚炳文。袁報華聲演《福爾摩斯》，出神入化，我幾以為他便是福爾摩斯，能破所有疑案。每晚搬了一張椅子，在冷巷裏，側耳聽他的廣播。譚炳文那時已紅遍廣播界，男女老幼，都愛聽他的嗓音。光藝拍了《神偷情賊》，謝賢、嘉玲合演，票房大賣。電台見獵心起，買下版權，着譚炳文夥拍播音天后尹芳玲在空中聲演，瘋魔聽眾程度，不下謝賢、嘉玲。譚炳文的嗓音，厚實圓潤，入耳如棉，酥得化不開。我家順德女傭卿姐着迷，這樣對我說：「三官，一晚不聽炳文哥，我睡不着。」一趟，收音機壞了，聽不到，第二天，卿姐雙眼通紅，原來真的是牽掛得一夜未眠。後來《神偷情賊》播完了，卿姐若有所失，惶惶不可終日。我心裏暗罵：「譚炳文是害人精。」講廣播，哪能少得了李我和鄧寄塵的「天空小說」，一人聲演男、女不同角色，維肖維妙，很快俘虜了卿姐，笑容再現。塵叔擅詼諧，聽得我捧腹；李我長倫理，說得卿姐垂淚。

李我的「天空小說」，走煽情路綫，他自己說是「倫理悲劇」，故事中的女主角總是受盡折磨，九死一生，最後大團圓結局。那時，廣播聽眾多是老婦、女傭，女人心軟，盡皆成了李我的俘虜。當然還有「商台」的馮展平，也是播音名角，只是我愛聽「麗的呼聲」，對「商台」的注意不多。不過，「商台」後來出了播音皇后尹芳玲，那就另當別論矣。一般說來，播音女藝員大多聲甜而貌平，獨有尹芳玲，擁明星之容，清麗怡人，笑靨如花，怎不教懷春少男痴迷？夜夜挨着電台聽芳玲姊姊的聲音，想着牽她玉手，走在萬花叢中，姹紫嫣紅，香風醉人，詩意瀰漫！

其次，自然是看電影。看電影，買票要錢，我年小，沒零用，只好跟外婆和卿姐去看。她們挑的盡是粵語古裝電影，大鑼大鼓，因而我小小年紀就知道有新馬仔、任劍輝、芳艷芬、紅綫女。名伶當中，我獨喜新馬仔，他跟塵叔的「兩傻」，挑機飛仔，勇挫麥基、金雷、高超，看得我拍手大叫過癮，陰陽相合，招來肉彈林丹，纖腰凫臀，雙峰插雲，不獨祥哥、塵叔暈大浪，觀眾亦難倖免。我閒時也會學祥哥的鬼馬表情，逗得一眾同學盡開顏。說真的，我能有一絲幽默，全來自模仿祥哥。大了，省吃儉用，勻出一些零碎錢，自己偷偷去看電影，當家作主，看的範圍闊了，粵語電影以外，還有國語片、英語片和日語片。老實說，那時候，國語片的水準遠要比粵語片高，有人批評粵語電影，說是「七日鮮」，七日拍一齣電影，你能說好嗎？光是一個老倌站在幕前唱戲，一唱半小時，餘下來不到一小時，就是略耍北派，然後男、女主角對唱言情。以我看，三日就可以拍完，說是「三日鮮」，庶幾近矣！

國語片較認真，那時「邵氏父子」拍的文藝電影，真不錯，《金喇叭》，張冲大哥領銜演出，劇情幽怨感人。還有陳厚主演的《為誰辛苦為誰忙》，陳燕燕飾母親，含辛茹苦，教養子女成材，換來的是兒女們的離棄，獨有幼子陳厚侍母至孝，我雖年少，也看得下淚。對着幹的，是陸運濤的「電懋」，範圍比「邵氏父子」大，聲勢也盛，旗下一班男女明星，葉楓、葛蘭、尤敏、雷震、張揚、喬宏、田青，都是萬千影迷的偶像。記得有一部叫《鐵臂拳王》的電影，喬宏、葉楓合演，有一場戲，喬宏台下凝望，淵停嶽峙；葉楓台上演歌，儀態萬千，一剛一柔，畫面出奇精妙。記得葉楓姊唱的正是《神秘女郎》：「你不要對我望　黯淡的燈光　使我迷惘　你不要對我望　將來和以往一樣渺茫　就算你就算你　看清我模樣　就算你就算你　陪在我身旁　也不能打開心房　你不妨叫我神秘女郎……」葉楓姊！男人怎能不對你望！他們要看清你模樣！

後來，「邵氏父子」易名「邵氏兄弟」，擴建影城，男、女明星冒湧，林黛、李麗華、樂蒂、李青、金霏、陳厚、金漢、凌雲、喬莊……，很快跟「電懋」扯平。六四年，陸運濤往參亞洲影展，不幸遇空難逝世。將軍一去，大樹飄零，「電懋」

易名「國泰」，星河日沉，一厥不振。「邵氏兄弟」拔地而起，獨霸影壇近二十年。那年代，男女明星，都有風華，男的英俊瀟灑、挺拔陽剛；女的艷色炙手、工極嫵媚，影迷哪能不趨之若鶩，俯首稱臣！

轉眼星光流影六十年，名草、嬌花盡付東流，思之憮然。